Per Melania
Un arrivederci a presto

firma

Troina 09.08.2000

Goethe e le Meteres di Engyon

Svelo di malavoglia mistero così alto
Dèe dominano altere in solitudine
Non luogo intorno ad esse e meno ancora tempo
Parlarne è arduo
Sono le Madri

J. W. Goethe, Faust, atto I

LE MONOGRAFIE
Sicilia, città e territorio

Paolo Giansiracusa, Ordinario di Storia dell'Arte all'Accademia di Belle Arti di Catania.
Testi e Coordinamento scientifico

Comitato promotore
P. Luigi Ferlauto, Amedeo Mancuso, Domenico Smeriglio.

Comitato tecnico
Alessio Camusso, *progetto grafico e supervisione tecnica.*
Giuseppe Calabrese, *documentazione fotografica e rilievi.*
Rocco Froiio, *collaborazione alla documentazione storico-artistica.*
Sandro Impellizzeri, *grafica, impaginazione, coll. al progetto grafico.*
Basilio Arona, *collaborazione alla ricognizione iconografica.*
Giuseppe Fiore, *collaboratore al progetto grafico.*
Salvatore Dell'Arte, *sopralluoghi di studio nel territorio.*
Salvatore Pennacchio, *collaborazione alla ricognizione bibliografica.*

Ringraziamenti
Si ringraziano per la disponibilità e la generosa collaborazione: S. E. Mons. Salvatore Pappalardo, *Vescovo di Nicosia;*
Giuseppe Artimagnella, *Sindaco di Troina;* Sac. Tonio Calabrese, *Arciprete della Chiesa Madre di Troina;*
Silvestro Li Volsi, *Ricercatore di Storia Patria;* Sac. Pietro Antonio Ruggeri, *Parroco della Chiesa del Carmine di Troina;*
Sac. Pier Giovanni Sanfilippo, *Guardiano del Convento dei PP. Cappuccini di Troina;* Alberto Trovato Lo Morto, *collaboratore fotografico;*
Silvano Privitera, *Direttore della Biblioteca Comunale di Troina.*
Un ringraziamento particolare va ai componenti della Commissione di San Silvestro.

Enti Promotori e Patrocinatori
Amministrazione Comunale di Troina
Oasi Maria SS. Troina

La riproduzione delle immagini delle chiese di Troina è stata
autorizzata dalla Diocesi di Nicosia - Ufficio Beni Culturali.

© Copyright Dicembre 1999 by Oasi Editrice
Diritti riservati in tutto il mondo. Riproduzione vietata anche parziale con qualsiasi mezzo.
ISBN 88-8137-009-3

TROINA

STEMMA MUNICIPALE. Sul campo azzurro dello scudo campeggia un castello smaltato di rosso. Esso è dotato di tre torri merlate alla guelfa, di cui la mediana più alta, e di tre gradoni su cui è un cane passante d'argento.

La raffigurazione sullo stemma municipale allude alla leggenda dello stratagemma adottato dal Conte Ruggero per conquistare l'inespugnabile Castello di Troina. Questi apprese che il castello veniva fornito di farina e di altri viveri, durante la notte, da un mugnaio che vi si recava in compagnia di un grosso cane, il cui abbaiare era il segnale convenuto per il riconoscimento. Si accordò, quindi, con il mugnaio e la notte di Natale del 1061 lo seguì. Il mugnaio, giunto alla Porta di Baglio, fece abbaiare il suo cane; i Saraceni, ignari, aprirono le porte e i Normanni, guidati da Ruggero, irruppero nel castello espugnandolo.

TROINA

STEMMA MUNICIPALE. Sul campo azzurro dello scudo campeggia un castello smaltato di rosso. Esso è dotato di tre torri merlate alla guelfa, di cui la mediana più alta, e di tre gradoni su cui è un cane passante d'argento.

La raffigurazione sullo stemma municipale allude alla leggenda dello stratagemma adottato dal Conte Ruggero per conquistare l'inespugnabile Castello di Troina. Questi apprese che il castello veniva fornito di farina e di altri viveri, durante la notte, da un mugnaio che vi si recava in compagnia di un grosso cane, il cui abbaiare era il segnale convenuto per il riconoscimento. Si accordò, quindi, con il mugnaio e la notte di Natale del 1061 lo seguì. Il mugnaio, giunto alla Porta di Baglio, fece abbaiare il suo cane; i Saraceni, ignari, aprirono le porte e i Normanni, guidati da Ruggero, irruppero nel castello espugnandolo.

Fin dai primi mesi della mia sindacatura ho sentito l'esigenza di vedere realizzata un'opera letteraria completa su Troina, che consentisse di conoscere il piu possibile ciò che essa ha rappresentato nella storia della Sicilia e, oserei dire, sotto certi aspetti del Mediterraneo.

Allo scopo di raggiungere tale obiettivo ci si è attivati per costituire un comitato scientifico, del quale sono stati chiamati a far parte alcuni cultori di storia locale che, coordinati dal prof. Giansiracusa, direttore editoriale dell'Oasi Editrice, si sono dedicati a lunghe, laboriose e puntigliose ricerche ed elaborazioni di documenti, anche inediti o addirittura sconosciuti.

Da tale intensa attività è scaturita questa meravigliosa opera, molto scorrevole e piacevolissima, che ha il merito di saper illustrare, anche ai non addetti ai lavori, argomenti affascinanti che rappresentano, non solo per i nostri concittadini, elementi indispensabili per conoscere e comprendere l'ieri e l'oggi di Troina.

Pregevole completamento del volume, e significativa espressione di una ricerca del passato, sono le artistiche foto, di cui alcune rarissime o addirittura uniche, che accompagnano il tessuto narrativo e a esso si intrecciano col fascino e l'evidenza dell'immagine.

Augurandomi che questa iniziativa possa apportare alla nostra città significativi benefici culturali, come anche e soprattutto turistici, ringrazio di vero cuore coloro che hanno contribuito alla realizzazione di questo ambizioso progetto.

Il Sindaco di Troina
Giuseppe Stimagnell

Ben volentieri ho accolto l'invito offertomi di scrivere una pagina in occasione della pubblicazione del volume "Troina Civitas Vetustissima" e quale figlio di questa terra, per l'attaccamento e dedizione che porto alla mia città e per la sua gloriosa storia che, credo, di dovere essere trasmessa ai posteri, non potevo esimermi.

La città di Troina, civitas vetustissima, vanta una gloriosa storia; sotto i greci e i romani fu una località di notevole importanza militare e se non abbiamo notizie certe sulla sua origine, l'ipotesi più accreditata è quella di identificarla con l'antica ENGYON, sede del famoso tempio preellenico delle Dee madri.

Con l'avvento del cristianesimo, Troina fu un fervente centro religioso e durante la dominazione bizantina si ebbe ampia diffusione del monachesimo soprattutto dell'ordine basiliano ove si realizzò l'esperienza di grande fede di S. Silvestro (1110-1164) compatrono di questa città.

Con l'occupazione saracena la città riprese la sua funzione di centro fortificato, ma con l'avvento e la conquista del Conte Ruggero si ebbe il periodo più glorioso. Qui Ruggero pose la sua dimora, edificò importanti monasteri ed elevò la città al rango di prima capitale normanna. Dal 1065 al 1078, a proprie spese costruì la Chiesa Madre che dedicò alla "Deipera Maria" e volle nominarla "Primogenita e prediletta" di tutte le chiese di Sicilia. Nel 1082 il Conte ripristinò il vescovado, col primo Vescovo Roberto di cui oggi si ammira il pastorale. Nel 1088 il Papa Urbano II venne a Troina per incontrarsi col grande Conte ed assicurarsi l'aiuto militare a sopraffare l'antipapa Clemente III, in quella occasione gli fu concesso il privilegio della legazia apostolica.

Questa sintesi, ed altro, è stata magistralmente e con grande competenza scientifica e storica sviluppata nella conduzione del volume "Troina Civitas Vetustissima", e per questo debbo porgere un sentito ringraziamento al chiarissimo Prof. Paolo Giansiracusa e alla sua équipe universitaria, nonché agli studiosi locali: è con il loro contributo che si è riusciti a portare alla luce questa importante pubblicazione. La mia gratitudine, soprattutto, è rivolta all' OASI EDITRICE di Troina che con impegno, prestigio e serietà ha voluto donare ciò che mancava a Troina, e cioè un volume che nella sua storicità facesse conoscere questa città nella sua storia ultramillenaria, le sue glorie, i suoi monumenti e i suoi tesori. Il mio ringraziamento va, anche, agli enti promotori e patrocinatori: Amministratori Comunali e Oasi Maria SS. che con il loro apporto hanno donato alla cittadinanza e ai turisti un volume capace di fare conoscere i valori e i tesori che si hanno in questa città.

Con l'augurio più vivo che il volume abbia una larga divulgazione e un pieno accoglimento.

L'Arciprete

Paolo Giansiracusa

TROINA
Civitas Vetustissima

Oasi Editrice

Troina Civitas Vetustissima

Sicilia: città e territorio

Questo volume monografico su *Troina* inaugura una collana di studi e ricerche, sui centri storici siciliani, pubblicata dall'*Oasi Editrice* con la consulenza e la collaborazione di alcuni tra i maggiori storici dell'arte e storici del territorio regionale.

La collana è destinata a coprire un settore nel quale si avverte la mancanza di studi di sicuro valore scientifico che si preoccupino, allo stesso tempo, di rispondere alla esigenza di informazione fortemente avvertita dall'umanità nuova.

E' per tale ragione che nel presente volume, e in quelli che seguiranno, si è scelto un linguaggio che agevola l'espressione lineare pur con i termini e le analisi che la ricerca scientifica impone.

Con alcuni testi scaveremo nell'inedito, con altri, elaborati grazie ad uno sforzo di sintesi che il lettore sicuramente apprezzerà, comporremo in maniera organica quanto è già noto attraverso la vasta letteratura storico - artistica dei centri storici siciliani.

Troina sarà seguita da Siracusa e da Enna, da Trapani e da Palazzolo Acreide…, da grandi e da piccoli centri, per costruire un itinerario della memoria storica e dell'espressione artistica, un percorso di fatti dove le opere dell'ingegno umano documenteranno l'evoluzione del pensiero.

Troina

Il volume su *Troina* nasce dalla necessità di raccogliere in un testo articolato e completo i risultati delle ultime ricerche storiche, gli esiti delle recenti vicende archeologiche e delle analisi compiute sul patrimonio archi-

Monastero di San Michele Arcangelo nuovo, particolare decorativo della seconda metà del Settecento

Cattedrale, Oratorio del SS. Sacramento, pavimento maiolicato della seconda metà del '700 di scuola calatina

tettonico, il catalogo delle emergenze storico-artistiche e le testimonianze di quel mondo agro-pastorale che va scomparendo a profitto di un sistema di vita che, purtroppo, non sempre si concilia con il rispetto del territorio, con la salvaguardia dell'ambiente e con il recupero delle tradizioni.

Troina, come poche città dell'Isola, può vantare un periodo illustre della sua storia, si tratta della stagione normanna. Infatti, se la cittadina in tutti gli altri momenti storici vive le stesse vicende dei vari centri siciliani, nel periodo normanno è sede privilegiata di avvenimenti che le conferiscono di diritto il ruolo di luogo fondamentale per la conoscenza della storia dell'Isola. La Cittadella fortificata dal Conte Ruggero, la prima Cattedrale normanna della Sicilia, la sede vescovile, l'incontro tra un Urbano II e il Gran Conte per la formulazione di alcune regole destinate al governo della Chiesa nell'Isola…, sono solo alcuni degli elementi costitutivi di una stagione illustre, di un momento breve ma irripetibile con il quale il presente, e i giorni del divenire, devono misurarsi.

Troina è espressione della forza e del coraggio di Ruggero; essa è la testimonianza materiale dell'agire sicuro e determinato del suo liberatore.

Né da Palermo né da Messina ha inizio il sogno politico di Ruggero, ma dalla Cittadella fortificata di Troina. Così come il rigore e la razionalità del suo discendente, Federico II, sono impressi nei volumi puri di quel capolavoro dell'architettura sveva che è il Castel Maniace di Siracusa, il progetto politico del coraggioso condottiero normanno è espresso, con chiarezza, nel nucleo dell'antico Castello di *Troina* dove la Cattedrale, maschio del sistema difensivo, è il primo segno della sua sensibilità religiosa e della sua determinazione.

La preghiera e la forza del braccio, la fede e la decisione amministrativa: questo è Ruggero e tutto ciò testimonia *Troina*.

Troina è essenzialmente il frutto della volontà di Ruggero, tutto il resto, ciò che è accaduto dopo, è storia comune, storia simile a tante altre anche se parimenti degna di essere raccontata.

Ruggero riportò la Città ai fasti di quella greca, quando *Engyon* raccolse una colonia di cretesi e con il suo sito imprendibile e le sue fortificazioni imponenti divenne, per il sistema difensivo dell'Isola, uno dei luoghi di maggiore sicurezza.

Dell'Arte e della Storia

La collana farà particolare riferimento all'Arte e alla Storia, anche se non saranno trascurati tutti quegli aspetti che concorrono a meglio comprendere le radici del popolo, i suoi interessi, le sue abitudini.

Ai testi faranno da indispensabile corredo i materiali iconografici, le foto, i disegni, i documenti, le antiche stampe. Ciò affinché i volumi, oltre a raccontare, fissino la memoria e perpetuino l'immagine nel tempo.

Tale corredo, per *Troina*, privilegerà gli aspetti artistici e tra questi quelli che in maniera più spiccata evidenziano le peculiarità locali. Negli intagli e negli stucchi, nei dipinti e nelle sculture, nelle facciate delle chiese e dei palazzi, nelle soluzioni urbanistiche e in alcuni dettagli costruttivi affiora la genialità di quegli artisti e di quegli artigiani che hanno fatto del centro storico troinese un contesto urbano irripetibile, con una propria identità, con un carattere inconfondibile.

Il luogo alto e dominante, le pareti ripide, la pietra dai colori caldi, docile all'intaglio, la storia con le orme di un Papa, di un Conte normanno e di un Vescovo, hanno suggerito e stimolato soluzioni cromatico-segniche e plastico-formali uniche, alla cui comprensione va il maggiore sforzo di questo saggio.

Troina, il centro urbano

Troina sorge a 1121 m sul livello del mare, sui rilievi meridionali delle Caronie, *in un territorio di calcare compatto a liste e noduli di selce arenarie, pedologicamente caratterizzato da suoli bruni e litosuoli* ([1]).

La sua economia, prevalentemente zootecnica, è favorita dalla presenza nel territorio di vaste zone boschive e di estese aree destinate al pascolo. Conserva ancora alcune attività artigianali che purtroppo tendono a scomparire. L'agricoltura è di tipo cerealicolo. Per il settore industriale si segnalano alcuni tentativi imprenditoriali nell'abbigliamento e nella lavorazione del legno.

L'antico centro storico è raccolto sulla rocca dove non mancano tracce di fortificazioni ellenistiche e imponenti muraglioni dell'età normanna. L'impianto urbanistico medievale, in gran parte spopolato a profitto dei nuovi quartieri, si sviluppa intorno alla Via Conte Ruggero dalla quale si diramano piccoli e brevi percorsi, tortuosi e ripidi, che seguono l'andamento orografico della cresta.

Extra moenia sorgono antichi e nuovi complessi abita-

Chiesa dei Cappuccini, dipinto dell'Adorazione del Crocifisso, particolare del vescovo Roberto, 1750 circa

tivi, rioni del Seicento e del Settecento, aree urbane di recente costruzione.

La popolazione ha subito nel tempo la flessione tipica dei piccoli centri dell'entroterra. Si va infatti dai 13.918 abitanti del 1951 agli 11.733 del 1971 che, attualmente (1999) sono poco più di diecimila.

Ciò, più che al movimento migratorio, è dovuto al decremento naturale. Per i servizi di carattere territoriale, pur appartenendo alla Provincia di Enna, grazie alla comodità dei collegamenti la città è protesa verso il capoluogo etneo. Interessanti sono altresì i rapporti con il territorio montano che vengono favoriti dalla SS.120 (Nicosia-Randazzo) che attraversa Troina.

Lo Stemma della Città

Lo Stemma di Troina ricorda la conquista del castello da parte del Conte Ruggero, avvenuta nel 1061. Infatti, nello scudo, davanti alla porta di un maniero a tre torri, compare un cane, lo stesso di cui parla la tradizione a proposito dell'entrata del Conte nella Cittadella dei saraceni.

Sembra che il Conte Ruggero per conquistare il castello di Troina si sia accordato con il mugnaio che la notte di Natale del 1061 doveva recarsi nel fortilizio per portare la farina. Il segnale, affinché le guardie gli aprissero, era costituito dall'abbaiare del suo cane.

I saraceni, all'oscuro del fatto che il mugnaio fosse complice di Ruggero, all'abbaiare del cane aprirono le porte del maniero e così i soldati del Conte irruppero conquistando la città.

Lo stemma è costituito da uno scudo dal fondo azzurro su cui campeggia un castello a tre torri in rosso.

L'edificio, dalla muratura a bugnato, poggia su un piano a tre gradoni. Le torri sono merlate alla maniera guelfa e di esse quella centrale è più alta. Il cane passante è campito d'argento.

La corona, un ramoscello di lauro e uno di quercia incorniciano lo scudo. Una delle versioni più antiche dell'emblema troinese è attualmente murata nel prospetto del cosiddetto *Castello*.

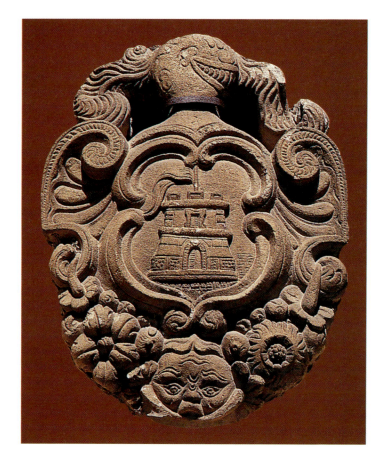

Casa Sollima al Borgo, Stemma della Città incorniciato da una bizzarra decorazione cavalleresca a motivi floreali

(1) Ministero della Pubblica Istruzione, Direzione Generale Antichità e Belle Arti, scheda sulla Città di Troina redatta il 21.01.1978.

CAPITOLO 1

LE ORIGINI DI TROINA

Dall'età castellucciana alla dominazione romana

Sulle origini di *Troina* la letteratura storico-artistica è vasta e complessa ed è basata su testi di sicuro rigore scientifico ai quali purtroppo si affiancano scritti di carattere superficiale.

Ciò comporta una selezione dei contributi fin qui pubblicati e una analisi scrupolosa delle congetture storiche, artistiche, archeologiche, strutturali ... non sempre accettabili.

In tal senso non ci sembra condivisibile la identificazione di *Troina* con *Imachera* ([1]), antica città siciliana nella quale è documentato che si battè moneta. Altrettanto dicasi per le vicende di Enea e dei troiani i quali, secondo la tradizione, prima di raggiungere il Lazio, in memoria della distrutta Troia, rifondarono *Imachera* battezzandola con il nome di *Troina* ([2]).

A cancellare l'equazione *Troina = Imachera* è sufficiente la citazione della città fatta da Cicerone nelle *Verrine*. Egli infatti ne elenca la *campagna* tra i territori di Assoro ed Agira ([3]).

Probabile ci sembra invece la identificazione di *Troina* con *Engyon* e ciò perché le descrizioni di Diodoro Siculo e di Plutarco appaiono puntualmente riferite alla città, al suo sito e al territorio circostante l'attuale centro urbano ([4]).

Anche Silio Italico dà una descrizione della città di *Engyon* che ricorda la collocazione dell'attuale Troina: *la città d'Engio per esser posta in su una rupe, era nel d'intorno tutta sassosa; ma coloro che la chiamano Engio, dicono, ch'ella aveva il terreno molto grasso; e credo lo dicessero per la significazione della voce greca* ([5]).

Sulla identificazione di *Engyon* con Troina è possibile raccogliere il consenso dei maggiori storici e archeologi dell'Ottocento e del Novecento. Tra essi può essere utile ricordare Adolfo Holm il quale scrive: *Presso l'odierna Troina, la quale comunemente è creduta l'antica Imachara, ma che piuttosto potrebbe essere Engyum, furono trovate delle tombe sotto il convento dei Basiliani; e sulle alture del monte S. Pantone furono rinvenuti degli avanzi di un antico edificio, grandi blocchi senza cemento. Dicesi che l'antica città fosse situata nella località detta ora S. Silvestro, ad un miglio a mezzodì di Troina* ([6]).

Engyon famosa per il culto delle *Meteres*, viene ricordata per la prima volta in occasione di avvenimenti legati all'età di Timoleonte, quando con la città di Apollonia era soggetta alle angherie del tiranno Leptine. Timoleonte, come ricorda Diodoro, la liberò costringendo Leptine ad arrendersi e ad espatriare, promettendo *di vivere come uomo privato nel Peloponneso* ([7]).

Nella seconda guerra punica la città si schierò con Cartagine e per tale ragione fu punita da Marcello, così come ricorda anche il Fazello attingendo alle notizie di Plutarco che a sua volta aveva consultato gli scritti del filosofo Posidonio: *Dipoi, avendo Marcello presa la città, egli comandò, che tutti gli Engiati fussero legati per castigarli di molti errori commessi; Nicia gli si presentò dinanzi piangendo, ed abbracciandoli le mani, e le ginocchia, chiedeva perdono per tutti, e particolarmente per i suoi nimici. Laonde, essendosi Marcello placato, perdonò a tutti per i preghi di lui, e non fece oltraggio alcuno alla città, ed avendo onorato grandemente Nicia, gli donò molti terreni* ([8]).

Negli anni della dominazione romana *Engyon* subì il furto di tremila capi di bestiame appartenenti al Santuario delle *Meteres* ([9]); poi conobbe le ruberie di Verre che si impadronì degli ex voto dello stesso Santuario ([10]).

Cicerone la annoverò fra le *città decumane*.

La presenza umana nel territorio ha comunque una datazione molto più antica rispetto a quella di *Engyon*. Se si considerano infatti la tomba a forno scoperta nel versante sud-est del Monte Muanà e quella intagliata nelle pendici meridionali del Monte Troina, risalenti all'età castellucciana, si rileva che il territorio fu abitato da una piccola comunità già nella prima età del bronzo (XVIII-XV sec. a.C.) ([11]).

Successivamente, all'età del tardo bronzo e del ferro (XIII-VIII sec. a.C.), va assegnata l'esistenza di consistenti gruppi abitativi. Ciò è documentato dalla affinità delle tombe a grotticella scavate secondo le tecniche d'intaglio e i caratteri stilistici del Finocchito nei ripidi pendii delle rocce di Muanà. L'indagine archeologica non è ancora riuscita a documentare le vicende abitative avvenute immediatamente dopo il periodo siculo. Infatti tutte le ricostruzioni storiche riguardanti la città e il suo territorio, saltando il periodo arcaico e quello classico, portano direttamente all'età ellenistica e in particolare alla metà del IV sec. a.C., a quegli anni

Il centro storico del Monte Troina visto dalla Timpa

in cui era Signore di Siracusa Timoleonte ([12]). Anche le recenti valutazioni, in parte confermate dai frammenti fittili provenienti dai vari scavi, portano ad ipotizzare che la nascita della città greca sia avvenuta agli inizi del IV sec. a.C.

Mi sembra utile in tal senso riportare un frammento estrapolato dalle conclusioni a cui è giunto Elio Militello in seguito agli scavi archeologici del 1958 e del 1960 ([13]): *Nei primi decenni del IV sec. a.C., la penetrazione greca non incontrava notevoli opposizioni, e tanto meno ne avrà dovuto superare quel modestissimo nucleo di colonizzatori insediatosi sul Monte di Troina, ai quali può attribuirsi l'esigua quantità di frammenti dei vasi più antichi. Chi siano stati questi colonizzatori non è dato stabilire con certezza. Le peculiarità della necropoli fanno pensare ad elementi greco-italici, per lo più campani; non si sarà molto lontani dal vero se all'origine di Troina si vede un presidio militare composto da mercenari campani a servizio di Siracusa, che allora perseguiva, ad opera di Dionisio I, una politica espansionistica e di predominio. E' noto che il tiranno, atteggiandosi a campione della difesa dell'Occidente contro i barbari, fece di Siracusa la più forte piazzaforte del Mediterraneo e tra l'altro creò uno splendido corpo di mercenari campani, di cui si servì per dedurre le numerose colonie militari aventi la funzione di base durante le campagne contro i Cartaginesi. La colonizzazione di Troina potrebbe essere stata una conseguenza della vittoriosa campagna del 397 a.C., quando il tiranno rioccupò la Sicilia nord-orientale strappandola al cartaginese Imilcone.*

L'origine del nome

In relazione al nome attuale della città la forma più antica è *Traghina*, derivante dall'aggettivo greco *aspro, roccioso*. Nei *diplomi* normanni il nome figura prevalentemente nella forma *Trayna*. Il Fazello scrive invece *Trahina* e il Carafa *Trahyna*.

Il cronista normanno Goffredo Malaterra scrive *Urbis Trajnica*. Negli atti di S. Silvestro il nome della città compare nella forma *Drajna*. Altri scrivono *Dragina* e *Tragina* ma, come si può notare, tutte le forme confluiscono nel nome attuale della città.

Nessuna relazione, nonostante le varie analisi, è stata finora dimostrata sul legame linguistico fra il nome di Troina e quello di *Engyon* o quello di *Imachara*.

Il centro abitato visto dal Picco San Pantheon

Area archeologica della Catena, blocchi squadrati in arenaria locale della cinta muraria ellenistica

Documenti

Diodoro ed Engyon

Diodoro Siculo fu un attento conoscitore dei territori dell'Impero e in particolare della Sicilia; i suoi riferimenti alla città di *Engyon* (vicinissima al luogo natale, Agira) sono di una puntualità sorprendente e descrivono con esattezza il sito dell'attuale *Troina*. L'identificazione di *Engyon* con *Troina* fu proposta nel 1888 dal Pais [14]; successivamente è stata condivisa e ampiamente giustificata con approfondite analisi da Cleofe Giovanni Canale [15]. Altri, senza grandi approfondimenti, sono invece dell'avviso di riconoscere *Engyon* nell'attuale Gangi o nella città di Nicosia. Eppure i cento stadi (18 Km) indicati da Diodoro come distanza tra Agira ed *Engyon* dovrebbero essere illuminanti, così come pure i suoi riferimenti al *luogo imprendibile* e alla *fonte* [16].

Troina è dunque con buone probabilità l'antica *Engyon* e anche in Plutarco possono essere individuati elementi di conferma. La ricerca archeologica, attualmente in corso grazie agli studi dell'Università di Cambridge, potrà nel tempo confermare tale ipotesi, eliminando tutte quelle congetture che allo stato attuale hanno negato a *Troina* la possibilità di essere identificata con la *Engyon* di Diodoro [17].

IV: 79,5 - 6 - 7

Comunque i Cretesi di Sicilia, dopo la morte di Minosse, si diedero alla lotta civile; questo avvenne per la mancanza di un sovrano e per la carenza di ogni speranza di ritorno in patria, in quanto le navi erano state date in fiamme dai Sicani; decisi di stabilirsi in Sicilia, una parte di loro costruì una città a cui diedero il nome ispirato a quello del loro re Minoa, il resto, dopo aver vagato per l'interno dell'isola, scelse un luogo per natura imprendibile e vi fondò una città che essi chiamarono Engyon, nome derivato da quello della fonte che fluiva nella città. Più tardi, dopo il crollo di Troia, quando Merione il cretese giunse sulla costa della Sicilia, accolsero, in quanto compatrioti, i cretesi sbarcati con lui e divisero con loro la cittadinanza; usando come loro base una città ben fortificata, e avendo sottomesso alcuni popoli vicini, si assicurarono gran parte del territorio circostante. Divenuti potenti, costruirono un tempio alle Madri accordando loro grande devozione ed adornandone il tempio con numerose offerte votive. Il culto di queste dee, secondo quanto dicono altri autori, è importato da Creta, dal momento che i Cretesi teneva-

no in grande onore queste dee (Ed. A. Baccarin, 1991).

IV: 80, 3 e 5

Non c'è ragione di tralasciare di sottolineare la santità di queste dee e la fama da loro ottenuta presso l'umanità. Sono onorate non solo dagli abitanti della città sopra menzionata (cioè Engyon), ma alcuni dei popoli vicini le fanno oggetto di munifici sacrifici e di ogni tipo di offerta. Così in quel luogo fu costruito un tempio in loro onore, non solo eccellente per le dimensioni, ma capace anche di destare stupore per la spesa affrontata nella sua costruzione; infatti poiché il popolo non aveva pietre adatte nel proprio territorio, le importarono da quello dei vicini, cioè dagli abitanti di Agirio ([18]), sebbene la città distasse un centinaio di stadi, e la strada sulla quale dovevano trasportare i blocchi fosse ripida e di difficile percorrenza (Ed. A. Baccarin, 1991).

XVI: 72, 2 - 5

In Sicilia, Timoleonte fece una spedizione contro la città di Leontini, dove si era rifugiato Iceta con un esercito considerevole. Prima attaccò la cosiddetta Neapoli, ma poi, siccome i soldati asserragliati nella città erano numerosi e si difendevano facilmente dall'alto delle mura, tolse l'assedio senza aver concluso nulla. Si avvicinò poi alla città di Engyon, retta dal tiranno Leptine, e la assalì ripetutamente allo scopo di scacciare Leptine dalla città e restituire la libertà ad Engyon. Mentre Timoleonte era impegnato in queste operazioni, Iceta si mosse da Leontini con tutte le forze e intraprese l'assedio di Siracusa, ma le numerose perdite subite lo indussero a far subito ritorno a Leontini. Timoleonte ebbe ragione col terrore di Leptine e lo mandò secondo gli accordi nel Peloponneso, dando ai Greci la prova tangibile che i tiranni erano stati debellati e mandati in esilio. E, siccome anche la città di Apollonia era soggetta a Leptine, quando la prese le restituì l'autonomia come ad Engyon (Ed. C. Bradford Welles, 1970; T. Alfieri Tonini, 1985).

Plutarco ed Engyon

Ricorderò un solo esempio tra tanti. Engyon è una città della Sicilia, non grande, ma molto antica e famosa per l'apparizione delle dee che chiamano Madri. Si dice che il tempio sia stato fondato dai Cretesi, e vi si mostrano alcune lance ed elmi di bronzo che portano inciso il nome di

Contrada San Francesco, area archeologica attualmente sottoposta a indagini e studi dell'Università di Cambridge

Area archeologica della Catena con i ruderi del Monastero di San Michele Arcangelo nuovo

Scalforio, particolari costruttivi di un'abitazione direttamente poggiata sulla viva roccia

Merione e di Ulisse (cioè Odisseo), che li dedicarono alle dee. Nicia, il più ragguardevole tra i cittadini, cercava di convincere la città, favorevole ai Cartaginesi, a passare dalla parte dei Romani; parlava apertamente e con franchezza nelle assemblee e mostrava la scarsa avvedutezza dei suoi avversari. Questi, temendo la sua influenza e la sua fama, decisero di rapirlo e di consegnarlo ai Cartaginesi. Perciò Nicia, accortosi ormai di essere sorvegliato di nascosto, dava sfogo in pubblico a delle affermazioni sconvenienti in riferimento alle Madri e si dava molto da fare contro la loro pretesa apparizione e l'opinione che se ne aveva, dicendo che non vi prestava fede e le disprezzava; i suoi avversari se ne rallegravano perché egli stesso aveva offerto il pretesto migliore per ciò che gli doveva capitare. Tutto era pronto per arrestarlo; c'era un'assemblea dei cittadini e Nicia, nel bel mezzo di un discorso e mentre dava consigli al popolo, improvvisamente si lasciò cadere a terra; lasciato passare qualche attimo nel silenzio che, come è naturale, si accompagnò allo sbigottimento, sollevò la testa e la girò intorno e parlò con voce tremante e profonda, che a poco a poco alzava e acuiva di tono; quando vide che il teatro era ammutolito e in preda al terrore, gettò via la veste e stracciò la tunica e, balzato su, si lanciò seminudo verso l'uscita del teatro, gridando di essere inseguito dalle Madri. Nessuno osava toccarlo né pararglisi davanti per timore superstizioso; anzi, tutti lo scansavano; ed egli corse verso le porte della città non facendo risparmio né di grida né di gesti che si addicono a un invasato o a un pazzo. La moglie, che era a conoscenza del piano e lo aveva aiutato a congegnarlo, presi con sé i figli, dapprima si accostò come supplice al sacrario delle dee, poi, fingendo di cercare il marito che andava errando qua e là, senza che nessuno la ostacolasse, se ne andò dalla città. E così si misero in salvo a Siracusa presso Marcello. Poiché i cittadini di Engyon commisero molte violenze e ingiustizie, Marcello si recò nella loro città e li mise in catene con l'intenzione di punirli; ma Nicia, che gli stava accanto, si mise a piangere e alla fine, stringendogli le mani e le ginocchia, lo scongiurò di salvare la vita ai suoi concittadini, cominciando dai suoi nemici. Marcello mosso a compassione, lasciò andare tutti e non fece alcun danno alla città; e a Nicia fece dono di un ampio terreno e molti regali. Questo episodio è descritto dal filosofo Posidonio.

Plutarco, *Vite Parallele*, Traduzione dal greco a cura di Pierangiolo Fabrini, *Marcello*, 20, 3-11, pp. 45-455, Milano 1998 ([19]).

NOTE

(¹) *Imachera*, *Imachara* o *Imakara*, questi sono i nomi con cui è conosciuta la città sulle cui monete figurava la scritta *MAKA*. Può essere utile in tal senso la consultazione di: F. Bonanno, *Memorie storiche della città di Troina*, Catania 1789; V. Squillaci, *Chiese e conventi, memorie storiche e folkloristiche della città di Troina*, Catania 1972.

(²) M. Foti Giuliano, *Memorie paesane, ossia Troina dai tempi antichi sin oggi*, Catania 1901.

(³) Marco Tullio Cicerone in *Il Processo di Verre*. Traduzione di L. Fiocchi e D. Vottero, Milano 1992. *In Gaium Verrem actionis secundae*, Lib. III, 47: "*Herbitensis ager et Hennensis, Murgentinus, Assorinus, Imacharensis, Agyrinensis ita relictus erat ex maxima parte ut non solum iugorum sed etiam dominorum multitudinem quaereremus*" (la campagna di Erbita, e quella di Enna, Murganzia, Assoro, Imàcara, Agira, era per la maggior parte in tale stato di abbandono che invano cercavo con lo sguardo …).

(⁴) Di sicura utilità per la conferma di tale identificazione si rivelano gli scritti di G. Manganaro, *Per una identificazione di Troina con Engyon*, in *Siculorum Gymnasium*, n° 2, Catania 1964; *Mito, storia, tradizione. Diodoro Siculo e la storiografia classica*, in Atti del Convegno Internazionale, Catania-Agira 1984.

(⁵) Catius Silius Italicus, *Punica*, libro XIV.

(⁶) Adolfo Holm, *Storia della Sicilia nell'antichità*, trad. G. B. Dal Lago e V. Graziadei, vol. II libro IX, cap. III, Torino 1896-1901.

(⁷) Adolfo Holm, *Op. cit.*, Libro V, cap. XIII.

(⁸) Tommaso Fazello, *Della Storia di Sicilia*, Traduzione dal latino di P. M. Remigio, edita a Palermo nel 1628, Libro. X, cap. I.

(⁹) Diodoro Siculo, *Biblioteca Storica*, IV, 81.
Sul culto delle *Meteres* di *Engyon* e sulla ricerca del sito dell'antica città si è soffermato recentemente Fabio Angelini, *Le Meteres di Engyon*, in *Mitos*, rivista di storia delle religioni, n.4, Palermo 1992. In merito alla identificazione di *Engyon* con Troina, l'autore ritiene che le prove a favore di tale ipotesi siano *alquanto ridotte* e confida nelle future indagini archeologiche da cui potranno scaturire dati illuminanti.

(¹⁰) M. T. Cicerone, *Op. cit.*, IV, 97: *Gli abitanti di Engio hanno un santuario della Grande Madre. Nel santuario anzidetto il medesimo Scipione, che ben conosciamo come persona veramente eccellente sotto tutti gli aspetti, aveva lasciato in offerta corazze ed elmi di bronzo cesellato in stile corinzio e grosse idrie analoghe come tipologia ed eseguite con la medesima tecnica: su tutti questi oggetti Scipione aveva fatto incidere il proprio nome. Ma ormai, perché dovrei dilungarmi troppo o continuare nelle mie recriminazioni sul conto di Verre? Tutti quei tesori se li portò via, o giudici: in quel santuario, espressione di un culto profondamente radicato, non lasciò nulla se non le tracce della profanazione e il nome di Publio Scipione. Le spoglie dei nemici, i ricordi dei generali vittoriosi, gli splendori e gli ornamenti dei santuari, perduti questi titoli illustri, saranno annoverati d'ora in poi tra gli arredi e le suppellettili di Gaio Verre.*

(¹¹) Il rilievo archeologico è stato compiuto da G.M.R. Ragusa e inserito nella tesi di laurea, *Insediamenti antichi in territorio di Troina*, Università degli Studi di Catania, Facoltà di Lettere, A.A. 1994/95.

(¹²) Il condottiero siracusano infatti liberò *Engyon* dal tiranno Leptine nel 343 a.C. Diodoro Siculo, in *Biblioteca Storica*, XVI, 72,-5.

(¹³) E. Militello, *Troina, scavi effettuati dall'Istituto di Archeologia dell'Università degli Studi di Catania*, in Notizie di Scavi, Catania 1961.

(¹⁴) E. Pais, *Alcune osservazioni sulla storia e sulla amministrazione della Sicilia durante il dominio romano*, in "Archivio Storico Siciliano", Palermo 1888 pp.235 e sgg.

(¹⁵) C. G. Canale, *Engyon, ricerche di topografia antica nell'interno della Sicilia*, Catania 1955.

(¹⁶) Di tale *fonte*, più volte messa in discussione da quanti non accettano l'ipotesi che l'antica *Engyon* possa essere l'attuale Troina, troviamo notizia nel *Manoscritto inedito di Frate Antonino da Troina dei PP. Cappuccini* (1710), pubblicato a stralci da Orazio Nerone Longo, *Un Manoscritto inedito di Frate Antonino da Troina*, Catania 1901, e da Vincenzo Squillaci, *Chiese e Conventi, memorie storiche e folkloristiche della Città di Troina*, Catania 1972.

Frate Antonino, contrassegnando il perimetro della città antica, scrive: *"... Il principio di detta* (città) *comincia da questa parte del mezzogiorno* (sud-est) *dallo stretto di S. Giorgio che al presente così si nomina, seguitando per l'orto grande e tirando per la fontana detta Parapia e da quella tirava per i valloni* (torrente) *di Rosone e a quella voltava per il Carmine* (ex Convento dei PP. Carmelitani) *e tirava per la strada pubblica della Posterna e finiva sopra li Cappuccini passando per mezzo la città il valloni* (torrente) *detto di Guadagnino che è quello che cala dalla Conseria e va a Limbia, e questa è la tradizione, in detti luoghi* (poi vi sono) *memorii di fabrichi antichi li quali confermano esservi stata abitazione* (cioè la città)*"*.

E aggiunge: *"... Or tornamo alla città, cioè delle cose che si trovano in essa di memoria. Primamente dico che dove cala il valloni detto Rosoni la fontana* (da cui scaturisce) *di esso, calando a man diritta si vede una fabrica* (che ora più non esiste) *della medesima fattura di quella del castello"*.

(¹⁷) Diodoro Siculo nacque ad Agira intorno al 90 a.C. e visse al tempo di Cesare e nei primi anni del governo di Augusto. Dimorò a Roma e compì un viaggio in Egitto, soggiornando probabilmente ad Alessandria.
Negli anni vissuti a Roma ebbe a disposizione una notevole quantità di materiali librari e documentari di lingua greca e latina.
Sua è la *Biblioteca Storica* strutturata in quaranta volumi ed eseguita attingendo a numerose fonti in gran parte perdute. Non tutti i suoi scritti ci sono pervenuti, infatti la *Biblioteca Storica* manca di numerose parti. Morì intorno al 20 a.C..

(¹⁸) Le cave da cui fu estratto il materiale lapideo per la costruzione del Tempio delle *Meteres* sono state identificate con le *Cave di Frontè* a sud dell'abitato di Agira. La notizia è tratta da Rosario Patanè, *Agira*, Enna 1989, pp. 11 e 14. Trattasi di calcare bianco di facile estrazione e docile all'intaglio.

(¹⁹) Plutarco di Cheronea nacque nella Beozia, intorno al 50 d.C. Scrisse, fra l'altro, le *Vite Parallele* dei Greci e dei Romani. Le notizie su *Engyon* sono nel testo riguardante *Pelopida e Marcello*. Morì dopo il 120 d.C.

CAPITOLO 2

*TROINA
DAI PRIMI ANNI
DEL CRISTIANESIMO
ALL'ETÀ ARAGONESE*

Dal *castrum* fortificato alla città demaniale

Nei primi anni del Cristianesimo la tradizione, purtroppo con scarse testimonianze documentarie, vuole che Troina, al pari di altre importanti città siciliane, sia stata evangelizzata da uno dei primi seguaci dell'Apostolo Pietro. Al di là della esistenza o meno di fonti certe, è risaputo che quasi tutte le antiche città greche e romane della Sicilia furono coinvolte nell'opera di evangelizzazione dei primi Apostoli. Considerata l'importanza di Troina (*Engyon*) nel mondo greco appare del tutto possibile che in essa, fin dai primi anni del Cristianesimo, sia stata fondata una diocesi vescovile che, come altre, negli anni della conquista araba dell'Isola, fu soppressa.

La ricostruzione della diocesi nell'età normanna, con a capo un Vescovo direttamente nominato dal Conte Ruggero, si configura pertanto come un atto dovuto.

Troina, nell'età degli Hauteville, divenne centro dell'amministrazione e residenza sicura del Gran Conte. Dentro la Cittadella fortificata, in cui avevano sede il *Palatium* e il Vescovado, si custodiva persino il tesoro bellico.

Qui fu sepolto Giordano, da qui si partì il corteo nuziale della principessa Busilla, nella Cittadella si incontrarono Ruggero ([1]) e il Papa Urbano II ([2]). Qui furono gettate le basi per la formulazione della *Legazia Apostolica* ([3]).

Con la creazione della capitale del Regno, Palermo, e con l'incoronazione di Ruggero II (1130), Troina perde parte dei suoi antichi privilegi e la sua storia si sviluppa con gli stessi caratteri di tanti altri piccoli comuni dell'Isola.

Nel 1269 viene venduta al feudatario Matteo Alagona. Passerà più di un secolo (1398) per essere riscattata e ricompresa tra i beni della Corona. Con un solenne atto di ascrizione al demanio verrà ricompresa, per la sua obbedienza a Re Martino, tra le poche città dell'Isola giuridicamente e amministrativamente libere dal laccio dei feudatari.

Le sue prerogative e i suoi privilegi conosceranno però nel tempo contestazioni e ridefinizioni.

Cattedrale, dipinto ad olio su tela raffigurante il Gran Conte Ruggero, opera del sec. XVIII proveniente dal Monastero di San Michele Arcangelo nuovo

Cronologia dei fatti

I sec. Viene probabilmente istituita la Sede Episcopale a Troina.
L'Apostolo San Pietro invia in Sicilia alcuni Vescovi. Tra di essi figura *Bachilo* mandato a Troina.
L'esser però stata Sede Vescovile fin da' primi secoli della Chiesa ... conduce Ruggero a ricostituire successivamente la Diocesi.
Dichiarava egli (il Conte Ruggero), *non già d'aver di pianta formate, ed erette Chiese, e Vescovadi in Sicilia; ma bensì restituite, e ristorate quelle, che dalla barbara tirannia de' Saraceni erano state disfatte; ed accennando, che la prima di esse fosse la Chiesa di Troina; passa quindi a numerare le altre Cattedrali da lui restituite al primiero stato.*
Francesco Bonanno, *Memorie storiche della Città di Troina*, Catania 1789, pag. 37 e 40.

170. Viene costruita a Troina, nei pressi dell'attuale Convento dei PP. Agostiniani, una Chiesa dedicata a San Pietro.
Francesco Bonanno, *Memorie storiche della Città di Troina*, Catania 1789, pag. 41.

787. Al Concilio Niceno II (Nicea 787) partecipa anche *Teodorus sanctissimus Episcopus Thaurianas Insulæ Siciliæ* che viene identificato come il Vescovo di Troina.
Francesco Bonanno, *Memorie storiche della Città di Troina*, Catania 1789, pag. 39.

865. Troina cade in mano agli arabi.
Adalgisa De Simone, *Gli Arabi in Sicilia*, in *Storia della Sicilia*, Bari 1999, vol. 2, pag. 28.

1040. Il generale bizantino Giorgio Maniace, nei pressi del centro abitato di Troina, è impegnato in uno scontro militare con i musulmani. E' il primo tentativo di liberazione della Città dall'invasione araba.
Il Malaterra qualifica Troina come *Urbs*. La Città aveva un *Castrum* munito.
Enrico Pispisa, *Troina Medievale: politiche economia e società*, Atti del Convegno su *Troina medievale*, tenutosi a Troina nel 1992, manoscritto conservato nella Biblioteca Comunale di Troina.

1061. Gli abitanti di Troina, *gente greca,* accolsero il Conte in città con grande ossequio ([4]).
La conquista di Troina, a motivo della presenza di numerosi cristiani in città, non comportò per il condottiero normanno alcuna fatica militare. Sembra infatti che la scelta, di penetrare nella Cittadella fortificata dei

saraceni, sia stata guidata dall'essere al corrente del fatto che la popolazione attendeva, con ansia, di essere liberata dal giogo dei governanti musulmani. Il Conte Ruggero trascorre il Natale a Troina. *Inde Traynam veniens a christianis civibus, qui eam incolebant, cum gaudio susceptus, urbem intrat; quam pro velle suo ordinans, ibidem natalem Domini celebravit.*

La cinta muraria della città fu rinforzata e il Castello fu reso sicuro dalla presenza dei soldati normanni.

Goffredo Malaterra, *De Rebus Gestis, Rogerii Calabriae et Siciliae Comitis et Roberti Guiscardi Ducis fratris eius*, a cura di Ernesto Pontieri, Bologna 1928, libro II, cap. XVIII, pag. 35.

Michele Amari, *Storia dei Musulmani di Sicilia*, seconda edizione a cura di Carlo Alfonso Nallino, libro V, 1939, ristampa Catania 1986, pp. 85-86.

1062. Ruggero, dopo aver combattuto in Sicilia e in Calabria, ritorna a Troina. I cittadini lo accolsero *assai tepidamente. Lor increbbero tosto quegli ospiti alloggiati per le case, pronti a far vezzi a loro mogli e figliuole.*

La popolazione locale disturbata per le angherie dei soldati normanni partecipò ad una sommossa. In tale situazione di crisi, intervennero a peggiorare i rapporti anche i musulmani. Ruggero comunque riuscì a riportare l'ordine.

Il Malaterra non manca di sottolineare il malessere e l'esasperazione dei troinesi nei riguardi degli invasori che non avevano esitato di saccheggiare le loro terre e le loro case, arrivando addirittura ad insolentire ed oltraggiare le loro donne.

Ristabilito l'ordine, il Conte, essendo impegnato su altri fronti, lasciò a Troina la giovane sposa, Giuditta di Evreux, *che a dura scuola avea appreso a far le veci di capitano.*

Goffredo Malaterra, *De Rebus Gestis, Rogerii Calabriae et Siciliae Comitis et Roberti Guiscardi Ducis fratris eius*, a cura di Ernesto Pontieri, Bologna 1928, libro II.

Michele Amari, *Storia dei Musulmani di Sicilia*, seconda edizione a cura di C. A. Nallino, libro V, 1939, ristampa Catania 1986, pp. 92 - 94.

Salvatore Tramontana e Maria Concetta Cantale, *Troina, problemi, vicende, fonti*, Roma 1998, pag. 16.

1063. Durante la Battaglia di Cerami, *Serlone di Hauteville*, nipote e luogotenente del Gran Conte, capovolse le sorti dello scontro con i saraceni, riportando a favore dei normanni una vittoria da cui emersero il suo coraggio e il suo valore.

Ruggero, dopo avere compiuto un'aspra battaglia con-

Cattedrale, olio su tela raffigurante Roberto (1081 vescovo di Troina, 1096 vescovo di Messina) pittura di maniera del sec. XVIII

tro i saraceni, ritorna nella cittadella fortificata di Troina, il luogo sicuro per il suo riposo e per la progettazione delle successive iniziative militari.

Ruggero riempie *così Troina di ogni abbondanza, e ammoniti i suoi cavalieri a vigilare attentamente sulla Città, a evitare prudentemente gli assalti dei nemici, e a non allontanarsi molto dalla Città* (⁵).

Goffredo Malaterra, *De Rebus Gestis, Rogerii Calabriae et Siciliae Comitis et Roberti Guiscardi Ducis fratris eius*, a cura di Ernesto Pontieri, Bologna 1928, libro II.

Vincenzo Cacciato Insilla, *Dall'antica Nysura alla moderna Nissoria*, Troina 1966, pp. 25-26.

Michele Amari, *Storia dei Musulmani di Sicilia*, seconda edizione a cura di Carlo Alfonso Nallino, libro V, 1939, ristampa Catania 1986, pag. 97.

1065. Iniziano, con ogni probabilità, i lavori di costruzione della Cattedrale. La consacrazione del tempio avvenne circa 15 anni dopo in onore *Virginis Puerperæ*.

Cleofe Giovanni Canale, *La Cattedrale di Troina, influssi architettonici normanni e problemi di datazione*, Palermo 1951.

Enrico Pispisa, *Troina Medievale: politiche economia e società*, Atti del Convegno su *Troina medievale*, tenutosi a Troina nel 1992, manoscritto conservato nella Biblioteca Comunale di Troina.

1071. Serlone viene tradito dall'amico Ibràhim e cade in un agguato in mano ai saraceni.

Per nulla rassegnato ad una morte passiva, Serlone si arrampicò ad una grande pietra, che oggi porta il suo nome, e lì i saraceni *gli strapparono il cuore*.

Goffredo Malaterra, *De Rebus Gestis, Rogerii Calabriae et Siciliae Comitis et Roberti Guiscardi Ducis fratris eius*, a cura di Ernesto Pontieri, Bologna 1928, libro II.

Vincenzo Cacciato Insilla, *Dall'antica Nysura alla moderna Nissoria*, Troina 1966, pp. 25-26.

1080. Il Conte Ruggero fonda il Monastero Basiliano di Sant'Elia di Ambulà.

Vito Amico, *Dizionario Topografico della Sicilia*, riedizione del 1856, pag. 632.

1081. A Troina vengono poste le basi della prima Sede Episcopale con la scelta ad eletto di un Roberto che non era un normanno, bensì un *italus* che conosceva le cose dell'Italia del nord e che forse era imparentato (*consangineus*) con Adelasia di Monferrato, terza moglie del Gran Conte.

Goffredo Malaterra, *De Rebus Gestis, Rogerii Calabriae et*

Crociera del torrione della Cattedrale, struttura architettonica in pietra arenaria locale

Siciliae Comitis et Roberti Guiscardi Ducis fratris eius, a cura di Ernesto Pontieri, Bologna 1928, libro III.

Francesco Giunta, *Sulla fondazione del Vescovado di Troina*, Atti del Convegno su *Troina medievale*, tenutosi a Troina nel 1992, manoscritto conservato nella Biblioteca Comunale di Troina.

1082. Una rivolta capeggiata dal luogotenente nell'Isola, Giordano, figlio del Conte, richiese l'intervento di Ruggero.

Giordano, desideroso di prendere possesso, per se stesso, delle terre del Val Demone, iniziò la sua impresa occupando i Castelli di Mistretta e di San Marco. Tentò poi di impossessarsi del tesoro del padre, *serbato in Traina a guardia d'uomini fidatissimi*. La questione fu ricomposta, con fare paterno, da Ruggero.

Creazione della Diocesi di Troina con la nomina del Vescovo Roberto, parente del Gran Conte Ruggero.

La Chiesa e il Vescovo di Troina ricevono da Ruggero le rocche di *Tauriana* e *Achares*, dieci villani ed un mulino. Nella stessa occasione vengono fissati i confini del Vescovado che si caratterizza per la sua notevole estensione.

Goffredo Malaterra, *De Rebus Gestis, Rogerii Calabriae et Siciliae Comitis et Roberti Guiscardi Ducis fratris eius*, a cura di Ernesto Pontieri, Bologna 1928, libro III.

Rocco Pirro, *Sicilia Sacra*, riedizione del 1733, pag. 495.

Francesco Bonanno, *Memorie storiche della Città di Troina*, Catania 1789, pag. 69.

Michele Amari, *Storia dei Musulmani di Sicilia*, seconda edizione a cura di Carlo Alfonso Nallino, libro V, 1939, ristampa Catania 1986, pp. 165 - 166 e 310.

1083. Il Conte Ruggero promuove la creazione del Monastero di San Michele Arcangelo.

Rocco Pirro, *Sicilia Sacra*, riedizione del 1733, pag. 1016.

Vito Amico, *Dizionario Topografico della Sicilia*, riedizione del 1856, pag. 632.

Tommaso Fazello, *Dell'Historia di Sicilia*, riedizione del 1628, deca I, lib. X.

1085. Ruggero si intitola *Conte di Sicilia e di Calabria* e fissa a Troina e a Mileto le sedi principali della sua corte.

M. Caravale, *Il regno normanno di Sicilia*, Milano 1966, pag. 82.

1088. Il 12 marzo a Terracina avviene l'elezione al soglio pontificio del Papa Urbano II.

Il Conte Ruggero, impegnato nell'assedio di Butera, fa rientro a Troina per incontrare il Papa Urbano II°.

Ruggero, decano della Chiesa di Troina (di origine pro-

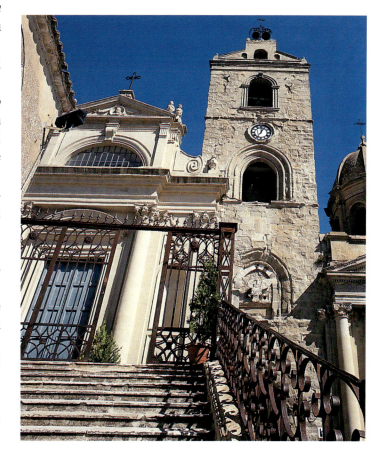

Cattedrale, fondata dal Conte Ruggero in onore Virginis Puerperæ, *costruita dal 1065 al 1078*

Monastero di San Michele vecchio (fondato nel 1083), frammenti architettonici dell'età barocca

venzale), viene destinato come Vescovo alla Diocesi di Siracusa.

Goffredo Malaterra, *De Rebus Gestis, Rogerii Calabriae et Siciliae Comitis et Roberti Guiscardi Ducis fratris eius*, a cura di Ernesto Pontieri, Bologna 1928, libro IV.

Michele Amari, *Storia dei Musulmani di Sicilia*, seconda edizione a cura di Carlo Alfonso Nallino, libro V, 1939, ristampa Catania 1986, pag. 180.

Enrico Pispisa, *Troina Medievale: politiche economia e società*, Atti del Convegno su *Troina medievale*, tenutosi a Troina nel 1992, manoscritto conservato nella Biblioteca Comunale di Troina.

1092. Giordano, figlio del Conte Ruggero, viene sepolto a Troina.

Goffredo Malaterra, *De Rebus Gestis, Rogerii Calabriae et Siciliae Comitis et Roberti Guiscardi Ducis fratris eius*, a cura di Ernesto Pontieri, Bologna 1928, libro IV.

Francesco Bonanno, *Memorie storiche della Città di Troina*, Catania 1789, pag. 71.

1093. *Eugenium Notarium Troyna* ebbe in concessione dal Conte Ruggero un Monastero fuori Troina con lo scopo di riedificarlo.

Rocco Pirro, *Sicilia Sacra*, riedizione del 1733, pag. 1016.

Michele Amari, *Storia dei Musulmani di Sicilia*, seconda edizione a cura di Carlo Alfonso Nallino, libro VI, 1939, ristampa Catania 1986, pag. 359.

1094. Una strada militare, via regia dei normanni, da Palermo conduceva a Troina e, superati i monti a Sant'Elia di Ambulà, proseguiva verso Milazzo.

Michele Amari, *Storia dei Musulmani di Sicilia*, seconda edizione a cura di Carlo Alfonso Nallino, libro V, 1939, ristampa Catania 1986, pag. 345.

1096. La sede Vescovile viene trasferita da Troina a Messina.

Al vertice del clero latino di Troina rimase un *Arcidiacono*. Dalle fonti non si apprende se il clero greco fosse organizzato autonomamente.

Rocco Pirro, *Sicilia Sacra*, riedizione del 1733, pag. 382.

Francesco Bonanno, *Memorie storiche della Città di Troina*, Catania 1789, pag. 70.

Michele Amari, *Storia dei Musulmani di Sicilia*, seconda edizione a cura di Carlo Alfonso Nallino, libro V, 1939, ristampa Catania 1986, pag. 310.

1097. Busilla, figlia del Conte Ruggero, accompagnata da un Vescovo e da altri cortigiani, con una scorta di *trecentis militibus*, parte da Troina, alla volta dell'Ungheria, per andare in sposa a *Colomanus Rex Ungarorum*.

A Troina in questi anni Ruggero *tenea il tesoro... e la famiglia*.

Goffredo Malaterra, *De Rebus Gestis, Rogerii Calabriae et Siciliae Comitis et Roberti Guiscardi Ducis fratris eius*, a cura di Ernesto Pontieri, Bologna 1928, libro IV, cap. XXV, pag. 102.

Michele Amari, *Storia dei Musulmani di Sicilia*, seconda edizione a cura di Carlo Alfonso Nallino, libro V, 1939, ristampa Catania 1986, pag. 320.

1098. Poiché il Pontefice Urbano II aveva nominato suo *legato* per la Sicilia Roberto, Vescovo di Troina, Ruggero ebbe una violenta reazione e addirittura fece imprigionare quest'ultimo.

Ruggero aveva in tal modo contestato al Pontefice il potere di decidere affari interni alla contea e di nominarvi o inviarvi *legati* senza un suo preventivo assenso. La riappacificazione tra Ruggero e Urbano II avvenne dopo il ritiro della nomina di Roberto e la concessione pontificia al Conte di un singolare privilegio, la *Legazia Apostolica*.

Urbano II, con la Bolla *Quia propter prudentiam tuam*, rilasciata a Salerno il 5 luglio, attribuisce a Ruggero il titolo e la dignità di suo *legato* nelle terre comitali.

G. Catalano, *Studi sulla Legazia Apostolica in Sicilia*, Reggio Calabria 1973, pag. 257-259.

Salvatore Fodale, *L'incontro a Troina tra Ruggero I e Urbano II e la concessione dell'Apostolica Legazia*, Atti del Convegno su *Troina medievale*, tenutosi a Troina nel 1992, manoscritto conservato nella Biblioteca Comunale di Troina.

1142. L'ufficio dei giurati nelle cause dei confini delle proprietà rurali è esercitato a Troina dagli *Anziani*.

Il *Maestro dei Borghesi*, ufficiale di Troina cristiana, intimava e dirigeva come capo il Consiglio Comunale.

Michele Amari, *Storia dei Musulmani di Sicilia*, seconda edizione a cura di Carlo Alfonso Nallino, libro V, 1939, ristampa Catania 1986, pag. 291 e pp. 295-296.

1143. Ruggero II conferma i privilegi concessi alla Chiesa di Troina.

Orazio Nerone Longo, *Ricerche su i Diplomi Normanni della Chiesa di Troina*, Catania 1899, pag. 47, doc. V.

1150 circa. A Troina *si veggono alla metà del XII secolo abitatori greci, italici e francesi*.

Michele Amari, *Storia dei Musulmani di Sicilia*, seconda edizione a cura di Carlo Alfonso Nallino, libro V, 1939, ristampa Catania 1986, pag. 297.

Monastero di San Michele vecchio (fondato nel 1083), frammenti architettonici dell'età barocca

1154. Abu Abdallàh Muhammad ibn Muhammad ibn Idrìs, ospite ambìto della Corte di Ruggero II scrive *Il Libro di Ruggero, il diletto di chi è appassionato per le peregrinazioni attraverso il mondo*, nel quale da anche una descrizione di Troina: *"...Da Nicosia al Castello di Traina dodici miglia in direzione nord-est. Traina, un Castello del tutto simile ad una città, è dimora ambita e fortilizio che domina ai margini di una serie non discontinua di seminati e terreni coltivabili"*.

Idrisi, *Il Libro di Ruggero*, traduzione di Umberto Rizzitano, Palermo 1994, pag. 60.

1233. Troina fu rasa al suolo da Federico II di Svevia insieme ad altre città dell'Isola. Alla distruzione delle case si accompagnò la deportazione degli abitanti in altri centri ubani.
L'intervento dell'Imperatore fu causato dalla rivolta della popolazione che non accettò l'applicazione delle Costituzioni di Melfi.

Michele Amari, *Storia dei Musulmani di Sicilia*, seconda edizione a cura di Carlo Alfonso Nallino, libro VI, 1939, ristampa Catania 1986, pag. 622.

Enrico Pispisa, *Troina Medievale: politiche economia e società*, Atti del Convegno su *Troina medievale*, tenutosi a Troina nel 1992, manoscritto conservato nella Biblioteca Comunale di Troina.

1269. Federico III d'Aragona vendette la città al nobile Matteo Alagona.

Francesco Bonanno, *Memorie storiche della Città di Troina*, Catania 1789, pag. 34.

1277. Il centro abitato aveva 90 fuochi e quindi circa 500 abitanti.

Enrico Pispisa, *Troina Medievale: politiche economia e società*, Atti del Convegno su *Troina medievale*, tenutosi a Troina nel 1992, manoscritto conservato nella Biblioteca Comunale di Troina.

Monastero di San Michele vecchio (fondato nel 1083), strutture murarie del secolo XVII

NOTE

(¹) Il Conte *Ruggero di Hauteville* nacque in Normandia nella prima metà del sec. XI, probabilmente nel 1031. Fu il figlio più giovane di Tancredi e, come i suoi fratelli, cercò fortuna nel sud dell'Italia come mercenario e avventuriero.

Qualche anno dopo la metà del sec. XI raggiunse il fratello Roberto il Guiscardo il quale, per i suoi meriti militari, nel 1059 ottenne dal Papa, ormai in rotta con l'impero bizantino, il titolo di Duca delle Puglie e di Calabria. Al Guiscardo il pontefice concesse altresì i diritti comitali sulla Sicilia che tuttavia restava ancora una terra da liberare e da strappare al potere musulmano.

Mentre Roberto iniziava la campagna siciliana, Ruggero combatteva in Calabria per liberare la regione dall'invasione bizantina. La sua missione finì con successo poiché nel 1059 conquistò Reggio e Squillace.

In Puglia, nel 1059-61, portò a termine le battaglie del Guiscardo per sconfiggere i bizantini. Passò quindi in Sicilia dove in trent'anni di lotte liberò l'Isola dalla signoria musulmana.

Nel 1061 entrò a Troina, nel 1063 organizzò la Battaglia di Cerami in occasione della quale brillarono il valore e le doti eroiche di Serlone.

Nel 1068 affrontò la battaglia di Misilmeri, nel 1071 assediò Palermo.

La sua conquista totale dell'Isola si concluse nel 1091 con la caduta di Noto, ultimo baluardo musulmano.

Fu comunque con la conquista di Palermo che il fratello Roberto gli concesse l'Isola riserbando per sé particolari diritti sovrani e metà di Palermo e Messina. Alla morte del Guiscardo (Cefalonia 1085), Ruggero divenne di fatto il signore più potente dei domini normanni in Italia.

Per essere intervenuto più volte in difesa dei territori del nipote Ruggero Duca di Puglia e di Calabria, ottenne da quest'ultimo larghe concessioni sulla Sicilia e sulla Calabria.

Fu restauratore convinto della fede cattolica in Sicilia e della diffusione del rito latino.

Fondò diocesi e nominò vescovi senza la debita autorizzazione pontificia. Per tal ragione fu in contrasto con Urbano II il quale però dovette cedere alle aspirazioni del Conte conferendogli per la Sicilia la *Apostolica Legazia*.

Morì a Mileto il 22 giugno del 1101.

La sua biografia ufficiale fu scritta da Goffredo Malaterra per preciso incarico del Conte. Essa è contenuta nel *De rebus gestis Rogerii comitis*.

Ebbe tre mogli: Giuditta di Evreux, Eremburga di Mortain e Adelasia di Monferrato (della potente famiglia degli Aleramici). Da quest'ultima ebbe il figlio Ruggero II (nato il 22 dicembre del 1095), incoronato Re di Sicilia.

(²) Il Papa *Urbano II* nacque nel 1042 nei pressi di Châtillon sur-Marne, da una nobile famiglia della regione Champagne, in Francia. Si chiamava Ottone di Lagery e si formò studiando a Reims e poi a Cluny, a contatto con il futuro San Bruno e con l'abate Ugo il Grande. Da quest'ultimo fu nominato priore di Cluny.

Fu in occasione di un viaggio a Roma con l'abate Ugo che fu apprezzato e trattenuto dal Papa Gregorio VII, il quale si premurò di conferirgli la porpora cardinalizia assegnandolo alla Diocesi di Ostia (1078).

Strenuo difensore delle idee e della politica di Gregorio VII, fu visto come il degno continuatore di una forte azione di difesa dell'autorità pontificia. Fu per tale ragione che alla morte di Vittore III (1087), dopo un breve vuoto di governo, i cardinali riuniti a Terracina, il 12 marzo 1088 lo elessero Papa.

Appena consacrato si recò in Sicilia per incontrare il Conte Ruggero dal quale ottenne, fra l'altro, il favore delle armi per entrare a Roma allora in mano all'antipapa imperiale Clemente III.

A lui va il merito di avere cacciato l'antipapa, di avere ristabilito la sede apostolica romana, di avere riorganizzato, con l'aiuto di Ruggero, la chiesa latina nell'Italia Meridionale, di avere stimolato e favorito la nascita di un fronte di opposizione politica a Enrico IV.

Ispiratore delle crociate, non si stancò di lottare contro le investiture laiche. Si adoperò affinché il Papa fosse riconosciuto come il capo sovrano di tutte le chiese e respinse le ingerenze del potere temporale in materia di nomine episcopali.

Morì nella casa della Famiglia Pierleoni il 29 luglio del 1099. Fu beatificato il 14 luglio del 1881.

(³) La *Legazia Apostolica*, scaturita dall'incontro tra il Conte Ruggero e il Papa Urbano II avvenuto a Troina nel 1088, è un privilegio con il quale il Papa, nel riconoscere e premiare i meriti di Ruggero in relazione alla liberazione della Sicilia dal governo musulmano, stabilisce *quae per legatum acturi sumus, per vestram industriam, legati vice, cohibere volumus*.

L'istituto della *Legazia* fu fondato con una bolla del 1098 di Urbano II e fu confermato dal Papa Pasquale II nel 1117. I re di Sicilia interpretarono il privilegio sempre in maniera ampia fino al punto da decidere che tutte le questioni ecclesiastiche dell'Isola fossero di loro competenza. Sul loro modo di vedere unite nella persona del Re l'autorità politica e quella religiosa, ebbero sempre contrasti con la sede pontificia.

L'abolizione della *Legazia*, dopo varie vicissitudini, avvenne con le disposizioni di Pio IX, il 28 gennaio 1864.

Su questo privilegio è fiorita nel tempo una vasta letteratura che, muovendosi tra le esigue tracce storiche e le ampie interpretazioni politiche, ha trovato terreno fertile nella concreta convenienza che i regnanti di turno potevano averne.

Non pochi ne hanno contestato l'autenticità anche in considerazione delle direttive di Urbano II, tutte rivolte a consolidare la sovranità del Pontefice e a impedire iniziative personali dei sovrani europei in maniera ecclesiastica.

Contrariamente a quanto la tradizione locale vorrebbe affermare, essa non fu concessa a Troina durante l'incontro tra il Papa e il Conte. A Troina semmai furono gettate le basi di un accordo da cui la *Legazia* scaturisce.

Sulla *Legazia Apostolica* può essere utile la consultazione del testo di Manlio Bellomo, *Società e Istituzioni in Italia dal Medioevo agli inizi dell'Età Moderna*, Catania 1976.

Il Bellomo a pag. 259 così annota: *"... Il Re, forse memore di pratiche e di idee bizantine, si fa protagonista anche nel campo ecclesiastico. Egli è il supremo difensore della fede, soprattutto in quella Sicilia che, nel nome della cristianità, ha strappato dalle mani degli infedeli musulmani"*.

(⁴) I riferimenti bibliografici indispensabili per una corretta conoscenza della presenza dei Normanni in Sicilia, e in particolare del loro insediamento a Troina, sono i seguenti:

Atti del Convegno su *Troina medievale*, tenutosi a Troina nel 1992, in occasione del *IX Centenario dell'Apostolica Legazia e della visita di Urbano II*, manoscritti raccolti presso la Biblioteca Comunale di Troina.

Salvatore Tramontana, *Ruggero I e la Chiesa di frontiera*, Gazzetta del Sud, Anno XLI, 12 maggio 1992, pag. 3.

Idrisi, *Il libro di Ruggero, il diletto di chi è appassionato per le peregrinazioni attraverso il mondo*, Traduzione e note a cura di Umberto Rizzitano, Palermo 1994.

Giovanni Tessitore, *Ruggero II*, Palermo 1995.

Erich Caspar, *Ruggero II (1101 - 1154) e la fondazione della monarchia normanna di Sicilia*, Bari 1999.

Enrico Pispisa, *Troina Medievale*, manoscritto conservato presso la Biblioteca Comunale di Troina, 1992.

Orazio Nerone Longo, *Ricerche sui diplomi normanni della Chiesa di Troina*, Catania 1899.

Henry Bresc, *Venuti dal nord. La Sicilia normanna*, in *Storia della Sicilia vol. 2, Dal Tardo Impero romano al 1350*, Bari 1999, a cura di Francesco Benigno e Giuseppe Giarrizzo.

Carmelo Lupò, *Cenni storici sulla Diocesi di Troina*, Ricerca del Corso di Storia Medievale dell'Istituto Teologico *San Tommaso* di Messina, Messina 1992, manoscritto conservato presso la Biblioteca Comunale di Troina.

AA.VV., *Ruggero il Gran Conte e l'inizio dello Stato Normanno*, Bari 1991.

AA.VV., *Terra e uomini nel Mezzogiorno Normanno-Svevo*, Bari 1987.

AA.VV., *Uomo e ambiente nel Mezzogiorno Normanno-Svevo*, Bari 1989.

AA.VV., *Centri di produzione della cultura nel Mezzogiorno Normanno-Svevo*, Bari 1997.

AA.VV., *Il Mezzogiorno Normanno-Svevo visto dall'Europa e dal mondo mediterraneo*, Bari 1999.

(⁵) Goffredo Malaterra, *De Rebus Gestis, Rogerii Calabriae et Siciliae Comitis et Roberti Guiscardi Ducis fratris eius*, a cura di Ernesto Pontieri, Bologna 1928.

CAPITOLO 3

TROINA DAL TRECENTO ALL'ETÀ TARDO BAROCCA

L'*Universitas* e la Mastra Nobile

Dopo l'importante ruolo svolto negli anni del governo normanno, Troina conosce il disprezzo degli aragonesi che la vendettero al nobile Matteo Alagona (1269). Il suo riscatto avvenne con Re Martino (1398) che le diede la dignità di città demaniale ([1]).

Nel 1434 l'*Universitas* ottiene dal Re Alfonso la tutela di alcune prerogative demaniali precedentemente messe in discussione. I problemi comunque non tarderanno a riemergere. Poco tempo dopo, infatti, la Città si vedrà costretta a difendere i propri diritti demaniali a causa delle usurpazioni perpetrate dai feudatari e dai signori vicini ai propri territori.

Dal XV sec. i Bracconeri e i Carducci, i Polizzi e gli Stazzone, gli Isbarbato e i Chitadino, i Romano e i Di Napoli, compariranno frequentemente tra gli ufficiali e i giudici eletti e diventeranno i protagonisti assoluti delle vicende politiche e amministrative della Città.

La particolare consuetudine che disciplina a Troina le modalità delle elezioni favorirà la gestione oligarchica del potere permettendo alle famiglie di instaurare un rigido sistema di controllo sulle magistrature locali. Mentre in altri centri la partecipazione di più numerosi rappresentanti dei ceti cittadini era assicurata da un sistema di elezioni successive, qui soltanto gli ufficiali in carica (giudici e giurati) coadiuvati da tre aggiunti da loro stessi designati sono preposti a fornire l'elenco degli eleggibili (mastra). I gruppi familiari che primeggiano nelle alterne vicende della competizione politica riescono quindi a monopolizzare il potere tutelando le posizioni raggiunte ([2]).

Dal *Libro Rosso*, prezioso documento cartaceo della comunità troinese, che registra con puntualità, fin oltre la metà del XVI sec., le vicende politiche della cittadina, è possibile rilevare uno spaccato politico, culturale e sociale di indubbio interesse, non solo locale.

La Città barocca e quella tardo barocca, con le numerose chiese e gli antichi monasteri, può essere ricostruita invece attraverso gli scritti di Rocco Pirro, di Vito Amico e di Francesco Bonanno, i quali le dedicarono particolare attenzione. Ciò anche in virtù del ruolo di Abate svolto dallo storico netinese, il Pirro, nel Monastero di Sant'Elia di Ambulà e a motivo dell'impegno del Bonanno in relazione alla restituzione, a Troina, della dignità di sede episcopale.

Scalforio, torre campanaria della chiesa di San Nicolò

Cronologia dei fatti

1304. I Cavalieri di Malta prendono in possesso la Chiesa di Santa Maria della Catena.

Francesco Bonanno, *Memorie storiche della Città di Troina*, Catania 1789, pag. 14.

1350 circa. Viene annesso al Monastero Benedettino di San Giorgio quello di Santo Stefano dello stesso ordine.

Vito Amico, *Dizionario Topografico della Sicilia*, riedizione del 1856, pag. 632.

1398. Martino I restituisce la città al Regio Demanio e stabilisce *che i cittadini di Troina siano resi abitanti del Demanio, al quale sono uniti in perpetuo. Si proibisce inoltre ai successori di Martino di separarli dal Demanio con donazioni o alienazione e si rende nulla la donazione di Pietro di Montecateno.*

Micol Schinocca, *Il libro rosso di Troina*, tesi di Laurea, Università degli Studi di Catania, Facoltà di Magistero, A.A. 1994/95, pag. 165.

Francesco Bonanno, *Memorie storiche della Città di Troina*, Catania 1789, pag. 34 e pp. 75-77.

1398-1583. Il *Libro Rosso*, rubrica del *Mastro Notaro* di Troina, custodito nella Biblioteca Comunale della Città, si rivela uno strumento di fondamentale importanza per comprendere come attraverso i privilegi, le concessioni, i capitoli e le disposizioni si sia svolta la vita politica e amministrativa dalla fine del XIV al XVI sec.

I documenti riportati risalgono ai Martini (1392-1410), a Ferdinando il Giusto (1412-1416), ad Alfonso il Magnanimo (1416-1458), a Ferdinando II il Cattolico (1479-1516) e soprattutto a Carlo V (1516-1556). Pochi sono i documenti appartenenti all'età di Filippo I (1556-1598).

Libro Rosso, Biblioteca Comunale di Troina.

1421-1422. Gli abitanti di Troina vengono esentati, da Alfonso il Magnanimo, dal pagamento dello *ius dohane maris et terre*.

Libro Rosso, Biblioteca Comunale di Troina.

1425. Nicolò Speciale Jr. fu investito dal Re Alfonso della *castellania* e *rectoria* della Città.

Enrico Pispisa, *Troina Medievale: politiche economia e società*, Atti del Convegno su *Troina medievale*, tenutosi a Troina nel 1992, manoscritto conservato nella Biblioteca Comunale di Troina.

1433-1434. In seguito al versamento di 200 onze l'*Universitas* troinese ottiene un privilegio che comprende la rinunzia di Nicolò Speciale alle sue cariche e la riconferma della demanialità di Troina.

Libro Rosso, Biblioteca Comunale di Troina.

Enrico Pispisa, *Troina Medievale: politiche economia e società*, Atti del Convegno su *Troina medievale*, tenutosi a Troina nel 1992, manoscritto conservato nella Biblioteca Comunale di Troina.

1439. Troina ha 400 fuochi e quindi circa 2000 abitanti.

Enrico Pispisa, *Troina Medievale: politiche economia e società*, Atti del Convegno su *Troina medievale*, tenutosi a Troina nel 1992, manoscritto conservato nella Biblioteca Comunale di Troina.

1440-1441. Alfonso il Magnanimo consente ai troinesi di portare liberamente via mare tutte le vettovaglie.

Libro Rosso, Biblioteca Comunale di Troina.

1468. I giurati della Città chiedono e ottengono dal potere centrale il controllo effettivo sull'attività e sui compensi dei *corbiseri*, arrogandosi anche il diritto di eleggerne i consoli.

Lucia Sorrenti, *Vicende di un comune demaniale tra il XIV ed il XVI secolo*, in *Economia e Storia* (Sicilia/Calabria XV-XIX sec.) vol. 1, Cosenza 1976, a cura di Saverio Di Bella, pag. 66.

1470. Viene costruito il complesso religioso di San Francesco dei Conventuali.

Vito Amico, *Dizionario Topografico della Sicilia*, riedizione del 1856, pag. 632.

1470. Il Vicerè don Lopez Ximen emana un capitolo con il quale i forestieri che usano il territorio demaniale sono tenuti a pagare una gabella. Tale gabella deve essere pagata anche dagli ecclesiastici e dai secolari.

Libro Rosso, Biblioteca Comunale di Troina.

1491. Viene fondato il Convento degli Eremiti di Sant'Agostino nel perimetro della Chiesa di Sant'Anna.

Vito Amico, *Dizionario Topografico della Sicilia*, riedizione del 1856, pag. 632.

1494. Ferdinando II concede un privilegio sulle prerogative demaniali di Troina che riconferma i precedenti.

Libro Rosso, Biblioteca Comunale di Troina.

1496-1547. Nel *Libro degli Atti dei Giurati*, conservato nella Biblioteca Comunale di Troina, è contenuto il testo della *Mastra Nobile* troinese da cui è possibile rilevare la realtà politico-amministrativa della Città tra la fine del sec. XV e la prima metà del sec. XVI.

La *Mastra*, lista composta dai nomi di coloro i quali erano eleggibili alle magistrature cittadine, *nasce dall'esigenza di dare valore di legge alle antiche consuetudine locali onde evitare il controllo e l'ingerenza dei feudatari e, nello stesso tempo, circoscrivere il numero degli eleggibili, escludendo le masse popolari* ([3]).

Era detta *nobile*, non per indicare che i suoi appartenenti facessero parte del ceto nobiliare, ma perché l'appellativo

Chiesa dei Padri Conventuali di San Francesco fondata nel 1470

Particolare decorativo della Chiesa dei Padri Conventuali

Chiesa del Carmine, particolare decorativo e architettonico dell'età barocca

di *nobile* era dato a tutti i magistrati cittadini. Dall'esame del testo si ricavano, in ordine di importanza e di prestigio, gli elenchi degli eleggibili all'ufficio di: giurato, giudice letterato, giudice idiota (detto *idiota* perché ignaro del diritto), notaio, giudice d'appello, acatapano (*maestro di piazza* che svolge il compito di controllare il mercato locale, nonché i pesi e le misure utilizzati dai venditori), maestro delle immondizie (ufficiale addetto alla nettezza urbana).

Maria Concetta Cantale, *La mastra nobile di Troina (1496-1547)*, tesi di Laurea, Università degli Studi di Catania, Facoltà di Magistero, A.A. 1991/92.

Salvatore Tramontana - Maria Concetta Cantale, *Troina-Problemi, vicende, fonti*, Biblioteca *Di Magisterium*, rivista di varia cultura della Facoltà di Scienze della Formazione dell'Università degli Studi di Messina, n.2, Roma 1998.

1502. Sul perimetro dell'antica Chiesa dei SS. Pietro e Paolo sorge un nuovo Convento degli Eremiti di Sant'Agostino.

Vito Amico, *Dizionario Topografico della Sicilia*, riedizione del 1856, pag. 632.

1508. Ferdinando II riconferma alla Città la sua dignità demaniale e il diritto di essere chiamata *Città Vetustissima*.

Libro Rosso, Biblioteca Comunale di Troina.

1521. Si verificano attriti nell'ambito del Consiglio Civico che sfociano in gravi disordini di piazza. La causa è data dal mancato ammasso del frumento destinato alle persone meno abbienti.

Libro Rosso, Biblioteca Comunale di Troina.

1525. Mentre era *sindaco* Franco Bracconeri si dà facoltà ai giurati della Città, in assenza degli *acatapani*, di amministrare gli uffici a cui essi erano preposti.
Il Re concede al Reverendo Narciso Verduni, commendatario del Monastero di San Michele, la custodia della Croce d'argento, del Bacolo, della Mitria, del Sigillo smaltato e di tre paia di guanti di seta. Si stabilisce altresì che, durante l'assenza del Reverendo, il tutto si debba conservare presso l'*Universitas*.

Libro Rosso, Biblioteca Comunale di Troina.

1531. Si dispone la creazione del *giudice di appello*.

Libro Rosso, Biblioteca Comunale di Troina.

1535. L'Imperatore Carlo V visita la città e viene accolto nel complesso religioso di San Francesco dei Conventuali.

Vincenzo Squillaci, *Chiese e Conventi ...*, Catania 1972, pag. 61: "... da una annotazione del tempo, manoscritta a margine di un antico volume proveniente dalla biblioteca del Monastero di San Francesco, oggi in quella comunale, si apprende che nell'anno 1535 l'Imperatore

Carlo V, proveniente da Tunisi, sostò in Troina e fu ospitato nel Monastero suddetto".

1540. Viene fondato il Convento dei PP. Cappuccini *con ampia e amenissima selva.*
Vito Amico, *Dizionario Topografico della Sicilia*, pag. 632.

1551. Si dispone che le reliquie ritrovate nell'Abbazia di San Michele Arcangelo, per prevenire eventuali furti, siano conservate nella Chiesa Madre.
Libro Rosso, Biblioteca Comunale di Troina.

1555. L'imposizione di un donativo di 3.000 scudi costringe l'*Universitas*, priva di patrimonio, ad istituire nuove gabelle e a ricorrere ad un prestito privato.
Libro Rosso, Biblioteca Comunale di Troina.

1560. Così il Fazello descrive Troina: *"...La Rocca della Città vecchia oggi è chiusa entro il perimetro di quella nuova mentre la Città si vede più sotto, a un miglio verso Mezzogiorno, in località San Silvestro, dove si vedono chiarissimi avanzi di palazzi, di mura e di piramidi di pietre squadrate. Infatti i troinesi, seguendo una tradizione passata di generazione in generazione, vanno dicendo che quell'edificio sacro che lì si chiama Chiesa Maggiore fu una volta la Rocca della Città vecchia; il Conte Ruggero la demolì e al suo posto costruì un tempio grandissimo".*
Tommaso Fazello, *De Rebus Siculis,* Panormi 1560, Trad. di Antonino de Rosalia e Gianfranco Nuzzo (Palermo 1990).

1575. Nel mese di ottobre la città è infettata dall'epidemia della peste che durò poco più di quattro mesi.
Salvatore Saitta, *Medici antichi a Troina e la peste del 1575*, Grottaferrata 1912, pag. 13.

1600 circa. Viene fondata la Casa di San Giovanni di Dio dei Frati Ospedalieri dove *vi si esercitano i consueti uffici di pietà verso gl'infermi.*
Viene fondato il sobborgo verso settentrione con la Chiesa parrocchiale di San Sebastiano Martire.
Vito Amico, *Dizionario Topografico della Sicilia*, riedizione del 1856, pp. 632 - 633.

1625 circa. Viene fondato il Monastero di San Silvestro, sul perimetro della Chiesa di San Bartolomeo che custodiva le spoglie del Santo troinese. Qui vengono raccolti i basiliani di Sant'Elia di Ambulà.
Rocco Pirro, *Sicilia Sacra*, riedizione del 1733, pag. 1015.
Vito Amico, *Dizionario Topografico della Sicilia*, riedizione del 1856, pag. 633.

1714. Gli abitanti di Troina sono 5.588.
Francesco Bonanno, *Memorie storiche della Città di Troina*, Catania 1789, pag. 36.

Chiesa del Carmine, particolare architettonico della seconda metà del Cinquecento

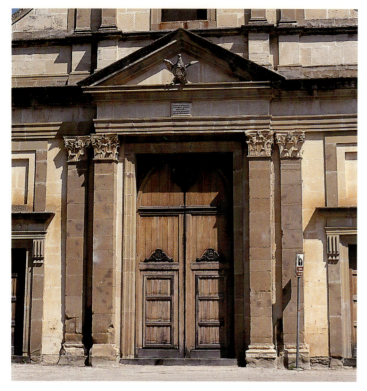

1757. L'immagine della Città nell'età tardo barocca viene fornita da Vito Amico il quale non manca di descrivere le chiese, i conventi e i palazzi. Troina appare ricca di tradizioni e di storia.

Vito Amico, *Dizionario Topografico della Sicilia*, riedizione del 1856, pp. 631-635.

1770 circa. Nel quartiere *San Basilio* crolla la Chiesa della SS. Trinità.

Va in rovina la Chiesa di Santa Maria dell'Idria, lungo la Via Conte Ruggero, nei pressi dell'attuale *Palazzo Poeta*.

Viene istituito il Collegio di Maria per l'educazione delle fanciulle.

Vito Amico, *Dizionario Topografico della Sicilia*, riedizione del 1856, pag. 633.

1775. Nel quartiere *Scalforio* crolla la Chiesa di Santo Stefano.

Vito Amico, *Dizionario Topografico della Sicilia*, riedizione del 1856, pag. 633.

1787. Nel corso dei lavori di sistemazione dell'area in cui deve sorgere il nuovo Monastero di San Michele Arcangelo, viene alla luce una necropoli, nelle cui tombe vengono ritrovati numerosi oggetti, vasetti, statuette, monete riferibili all'età greca.

Francesco Bonanno, *Memorie storiche della Città di Troina*, Catania 1789, pp. 94-95.

1789. Gli abitanti di Troina sono 8.314.

Francesco Bonanno, *Memorie storiche della Città di Troina*, Catania 1789, pag. 36.

1790 circa. Crollano, nel quartiere *San Basilio*, la Chiesa di San Carlo e, nel quartiere *Scalforio*, la Chiesa di Santa Maria della Scala.

Vito Amico, *Dizionario Topografico della Sicilia*, riedizione del 1856, pag. 633.

1798. Il 4 gennaio la Chiesa di Troina chiede al Re di Napoli di essere *sottratta dalla vigilanza dell'Arcivescovo di Messina*, e di essere *sottoposta al Cappellano maggiore del Regno*.

Orazio Nerone Longo, *Ricerche su i Diplomi Normanni della Chiesa di Troina*, Catania 1899, pag. 16.

1798. Troina conta 7.001 abitanti.

Vito Amico, *Dizionario Topografico della Sicilia*, riedizione del 1856, pag. 635.

1815. Crolla la Chiesa di San Rocco nel quartiere *San Basilio*.

Vito Amico, *Dizionario Topografico della Sicilia*, riedizione del 1856, pag. 633.

Chiesa di san Silvestro, particolari architettonici e decorativi del prospetto (1801)

Cattedrale di Troina, Reliquiario d'argento di San Silvestro, *1757*

NOTE

(¹) Per una corretta conoscenza delle questioni sociali e dei problemi politici e amministrativi che caratterizzano la comunità troinese dal XIV al XVIII sec. è utile la consultazione dei seguenti testi:
Micol Schinocca, *Il libro rosso di Troina*, tesi di Laurea, Università degli Studi di Catania, Facoltà di Magistero, A.A. 1994/95.
Maria Concetta Cantale, *La mastra nobile di Troina (1496-1547)*, tesi di Laurea, Università degli Studi di Catania, Facoltà di Magistero, A.A. 1991/92.
Salvatore Tramontana - Maria Concetta Cantale, *Troina-Problemi, vicende, fonti*, Biblioteca *Di Magisterium*, rivista di varia cultura della Facoltà di Scienze della Formazione dell'Università degli Studi di Messina, n.2, Roma 1998.
Lucia Sorrenti, *Vicende di un comune demaniale tra il XIV ed il XVI secolo*, in *Economia e Storia* (Sicilia/Calabria XV-XIX sec.) vol. 1, Cosenza 1976, a cura di Saverio Di Bella.

(²) Lucia Sorrenti, *Vicende di un Comune demaniale tra il XIV ed il XVI secolo*, Cosenza 1976, pag. 65.

(³) Maria Concetta Cantale, *La mastra nobile di Troina (1496-1547)*, tesi di Laurea, Università degli Studi di Catania, Facoltà di Magistero, A.A. 1991/92, pag. XVI.

CAPITOLO 4

*Monumenti antichi
e aree archeologiche*

Troina archeologica

Le aree archeologiche di Troina possono essere raggruppate in tre settori: il Monte Muanà, il Picco San Pantheon e il Monte di Troina ([1]).

Monte Muanà

Sul *Monte Muanà,* nelle pendici meridionali, sono evidenti i resti di una *necropoli indigena*. In uno sperone roccioso, si nota un gruppo di camerette rettangolari.

Nella viva roccia, in vari punti, sono evidenti altresì tracce di gradini e di canalette realizzate per il deflusso dell'acqua piovana. Qualche tomba, ben conservata, porta i segni del riutilizzo a scopo abitativo. Si nota infatti l'allargamento dell'apertura e la relativa cancellazione dell'incavo del chiusino.

Nel versante sud orientale si rileva una *tomba* isolata del tipo a forno, stretta e lunga, con pianta ellittica. Essa è databile alla prima età del bronzo e può essere collegata all'età castellucciana.

Nelle pendici orientali del monte si notano gli intagli e gli ingrottamenti di una *necropoli indigena*. Alcune tombe sono ancora integre, altre presentano danni causati dal riuso e dalla erosione naturale della pietra.

Nelle estreme pendici sud occidentali, a sud-est dell'attuale abitato, nei pressi della località *Parapià*, sono stati rilevati i resti di una *necropoli ellenistica*. Nella roccia, di tenera arenaria, sono stati individuati 141 sepolcri appartenenti a due diverse tipologie funerarie: 113 tombe ad inumazione e 28 ad incinerazione in situ. La necropoli è stata assegnata all'intervallo temporale che va dagli ultimi decenni del IV sec. a.C. al primo venticinquennio del II sec. a.C. Essa è coeva al complesso delle fortificazioni greche della Città. Le tombe più ricche di reperti si sono rivelate quelle dell'età di Agatocle.

Tra i reperti venuti alla luce vanno evidenziati i vasi indigeni, quelli italioti e attici, un unguentario piriforme dell'età di Agatocle, alcuni vasi di influsso campano e altri di stile apulo.

Picco San Pantheon

Nel versante occidentale del *Picco San Pantheon,* nella contrada *Petramè,* si notano due grandi vasche e alcune tombe appartenenti a una *piccola necropoli.*

Nelle pendici di sud-est, nella zona *San Michele,* dietro una fila di moderne case d'abitazione, si notano alcune vasche intagliate nella viva roccia, con canalette utili a metterle in comunicazione.

Dal *Picco di San Pantheon* alle pendici del *Monte di Troina* si rileva, in tutta la sua robustezza strutturale, una *cinta muraria dell'età ellenistica* costituita da grossi blocchi parallelepipedi di arenaria grigia locale. I blocchi non sono murati con malta e nel lungo tratto si presentano a tre, quattro e, in un caso, a otto filari.

La possente cinta muraria chiudeva l'antico abitato di Troina. Attualmente, le aree circostanti la cinta sono sottoposte allo studio degli archeologi dell'Università di Cambridge.

Alle pendici estreme del *Picco,* nei pressi della sorgente *Rusuni,* si notano alcuni tagli nella roccia, sicuri incassi per le fondamenta di torrette quadrangolari.

Un *canalone,* intagliato nella viva roccia, permetteva il defluire delle acque. Alla base dello sperone roccioso era forse situata una delle porte che dava accesso alla Città.

Dalle pendici del *Picco* le mura si indirizzavano imponenti verso la parte alta del *Monte,* superando le parti scoscese e raggiungendo la *Cittadella.* Dietro la Cattedrale, nel perimetro del'ex Ospedale di San Giovanni di Dio, se ne vede un ampio frammento.

Nel versante orientale si notano i resti di un *bastione,* residuo di una torretta di avvistamento e comunque di un edificio militare.

Monte di Troina

Il *Monte di Troina,* per la presenza del centro abitato, costituisce un complesso sistema di stratificazioni architettoniche leggibili solo dell'età normanna al nostro tempo.

Le fasi costruttive precedenti all'insediamento normanno sono state studiate pertanto prevalentemente nelle aree *extra moenia*, e in qualche piccolo tratto urbano coincidente con i perimetri di cantieri stradali e di edifici ricostruiti integralmente.

Nelle pendici sud orientali si notano i resti di un *impianto termale romano*, riutilizzato nell'età bizantina per la creazione della Chiesa della Madonna della

Monte di Troina, profilo del muro ellenistico

Pendici meridionali del monte di Troina, resti di una tomba indigena

Catena. La mononavata, ancora oggi evidente, doveva essere un *frigidarium* forse collegato con una cisterna esistente più a monte, in prossimità del Convento del Carmine.

Ad est della sala del *frigidarium* era il *tepidarium* del quale rimangono tracce di un pavimento in cocciopesto con motivi geometrici. Il mosaico consente di datare la struttura termale tra la metà del II sec. a.C. e gli inizi del I sec. a.C.

Sempre nelle pendici sud orientali si nota la prosecuzione del *muro ellenistico* realizzato con blocchi squadrati di notevoli dimensioni. Nel corso di appositi scavi, nelle adiacenze del muro, è stato rilevato un incasso, largo 30 cm, che può essere collegato alla sorgente *Rusuni* che sgorgava nelle vicinanze. Un altro ampio tratto delle *mura ellenistiche* è inglobato nel complesso dei ruderi dell'ex Ospedale di San Giovanni di Dio. La quota altimetrica, raggiunta dalle mura, lascia ipotizzare che esse cingevano tutto il *Monte*, rendendolo imprendibile.

Nello stesso versante, adiacente alla cinta muraria, si notano anche *quattro grandi vasche* scavate nella viva roccia. Si tratta forse di un'opera di canalizzazione o dei resti di un antico palmento.

Nelle vicinanze è stata rilevata una *tomba a forno* ellittica appartenente alla prima età del bronzo.

Nelle pendici meridionali, nel corso di apposite indagini archeologiche, è stata rilevata l'esistenza di un edificio sacro a pianta trapezoidale. La muratura è a grossi blocchi, ben squadrati.

Nelle stesse pendici, in contrada *Corso*, a valle della Scuola Elementare, sono stati rinvenuti i *resti di un complesso edilizio* risalente al IV sec. a.C. Ad est di tale ambiente si notano allineamenti perimetrali e strutture del I sec. d.C. Nei pressi della stessa area insistono i ruderi del basamento di un portico a "L".

Nel 1954 nel cortile meridionale delle Scuole Elementari è stato scoperto un robusto muro a conci squadrati.

A nord dell'ultimo tratto del muro ellenistico, in occasione di lavori di allargamento stradale, è venuto alla luce un *antico pavimento a mosaico* appartenente ad una abitazione dell'età romana.

Nel versante sud-ovest, in Via Mustica, durante i lavori di sistemazione stradale del 1975, sono emersi i resti di un pavimento ad *opus signinum*.

Monte Muanà, tombe della necropoli indigena

Nel ripiano, ad est della stessa via, sono stati rilevati ampi tratti di strutture murarie dell'altezza di un metro, databili intorno al III sec. a.C.
Nella Via Nuova del Carmine, in una vecchia discarica, sono stati raccolti molti cocci riferibili al periodo ellenistico.
Nelle pendici meridionali del *Monte*, nei pressi del Convento dei Padri Cappuccini, sopra la Chiesa di San Silvestro, si nota una tomba indigena, composta da un vestibolo e da una cameretta rettangolare.
Nel quartiere *Scalforio*, durante i lavori di sbancamento affettuati nel 1975, sono venuti alla luce i resti di un *complesso abitativo* databile tra il II e il I sec. a.C.

Nella stessa area sono state notate *antiche cisterne* con vasche di decantazione.

Nelle pendici orientali, nella contrada *Sant'Agostino*, nel 1976, sono emersi i tratti di un pavimento in cocciopesto, forse di età imperiale.

Nel rione *Borgo*, agli inizi degli anni Sessanta, in occasione dell'ampliamento della chiesetta di San Sebastiano, furono scoperte due *tombe* risalenti al III sec. a.C.

Nel versante occidentale, nella contrada *Arcirù*, durante i lavori di sbancamento della costruzione della Scuola Media *Don Bosco*, tra il 1978 e il 1980, sono state scoperte le tracce di una necropoli ellenistica.

Area archeologica della Catena,
muro ellenistico realizzato
con blocchi squadrati di arenaria locale

NOTE

(¹) Per un quadro d'insieme delle aree archeologiche di Troina è utile la consultazione dei seguenti testi:
Francesco Bonanno, *Memorie storiche della Città di Troina*, Catania 1789.
Giovanni Cleofe Canale, *Engyon, Ricerche di topografia antica nell'interno della Sicilia*, Catania 1955.
Elio Militello, *Troina, Scavi effettuati dall'Istituto di Archeologia dell'Università di Catania negli anni 1958 e 1960*, in *Notizie Scavi*, Catania 1961.
Giacomo Scibona, *Troina 1: 1974-1977, nuovi dati sulla fortificazione ellenistica e la topografia del centro antico*, Archivio Storico Messinese, III Serie, Vol. XXXI, Messina 1980.
Giuseppa Maria Roberta Ragusa, *Insediamenti antichi in territorio di Troina*, tesi di Laurea, Università degli Studi di Catania, Facoltà di Lettere e Filosofia, A.A. 1994/95.

CAPITOLO 5

La Cattedrale

In onore *Virginis Puerperæ*

L'inizio dei lavori, della costruzione della Cattedrale normanna, si fa risalire al 1061 e cioè a quell'anno in cui il Conte Ruggero giunse a Troina ([1]). Ragionevoli argomentazioni di illustri studiosi portano però ad affermare che la sua datazione deve porsi tra il 1065 e il 1078 ([2]).

La Chiesa, abbondantemente dotata di beni e possedimenti, fu sottoposta alla giurisdizione del Vescovo Roberto e fu dedicata alla *Virginis Puerperæ* ([3]).

La costruzione attuale ha poco dell'edificio originario realizzato dai normanni. Ciò a causa delle trasformazioni, delle demolizioni e delle integrazioni che nel tempo hanno sconvolto le forme pure dell'età medievale.

Cleofe Giovanni Canale ([4]) studiando l'attuale stato delle fabbriche murarie ha ipotizzato che il progetto normanno della Cattedrale troinese consisteva in una commistione equilibrata di elementi architettonici militari e religiosi che determinavano una Basilica *divisa in tre navate, di cui le due laterali furono coperte con volte costolonate e la centrale con tetto a capriate. La zona absidale, che non è possibile delimitare planimetricamente con esattezza, doveva essere costituita da tre absidi a tracciato semicircolare.*

Lo stesso studioso afferma altresì *che la costruzione dovette, originariamente, essere compresa tra l'intero sistema difensivo dell'estrema zona est, dato che le fondazioni di essa (versante nord-est) poggiano sul perimetro esterno del piano roccioso, non consentendo l'esistenza di altri edifici, almeno da questo lato* ([5]).

La planimetria dell'attuale edificio fu pubblicata per la prima volta da Gioacchino Di Marzo il quale correttamente sostiene che il Gran Conte fece erigere il *sontuoso tempio dentro il castello della città* ([6]), nella rocca precedentemente urbanizzata e fortificata dai saraceni.

Ruggero distrusse la rocca e *in cambio di lei vi fece fare un grandissimo, e bellissimo Tempio* ([7]).

La Cattedrale divenne ben presto il luogo sacro delle più importanti celebrazioni religiose e ciò si evince da un *diploma* normanno relativo ai funerali del giovane Giordano, figlio del Gran Conte ([8]).

La chiesa ha subito tre profonde ristrutturazioni, la prima nel Quattrocento, la seconda nell'età tardo-barocca e la terza intorno al 1927. Di tali lavori, non

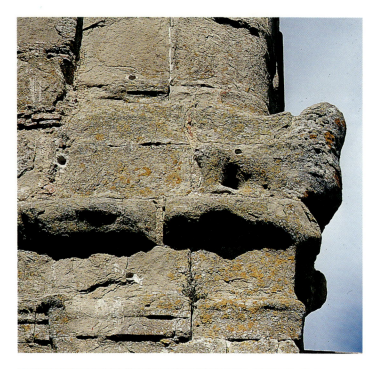

ancora adeguatamente studiati, si ha documento grazie alle date incise nella *Torre Campanaria* e nel prospetto della Cattedrale.

Nella *Torre Campanaria*, nel secondo ordine, su un concio di arenaria locale è incisa la scritta:

```
    M C C C C ...           I I I
    ... ACT. V: ES^F         O
    EXPEASI^S        ECELSE
    CIVITATIS .V. TRAINE
```

che V. Squillaci ([9]) ritiene debba *riferirsi ad opera di ricostruzione parziale, o trasformazione della originaria torre.*

Più esattamente C.G. Canale sostiene che la Torre non va considerata come un corpo a sé stante rispetto alla Cattedrale, essa infatti, nell'impianto originario sormontava la prima campata della navatella di destra ([10]).

In occasione della ristrutturazione quattrocentesca scomparvero le absidi semicircolari, fu ristretto l'impianto delle tre navate e sul piano della navatella di destra nacque l'attuale percorso esterno di Via Urbano II. I decori e le sculture del tempio normanno furono incastrati come *trofei* nelle nuove fabbriche murarie, spesso senza un preciso criterio compositivo ([11]).

Un leone del sec. XII, eccezionale documento della notevole qualità degli apparati decorativi della Cattedrale, è stato salvato nel nostro tempo ([12]).

Di esso, nel Quattrocento, furono fatte più copie ([13]): quattro vennero inserite nella cornice decorativa della fabbrica muraria delle nuove absidi a sezione quadrangolare; due, notevolmente degradate, si possono notare all'altezza dei primi filari di conci del secondo ordine della *Torre Campanaria*.

Sull'architrave del portale della Cattedrale sono incise le date:

```
    A.D. 1785        R.A.D. 1927
```

che documentano l'anno di ricostruzione del prospetto, interamente rifatto con conci squadrati di calcare bianco, e l'anno relativo agli ultimi restauri.

Fu sicuramente in occasione degli interventi attuati intorno al 1927 che vennero eliminate le statue degli Apostoli SS. Pietro e Paolo e della Madonna col Bambino scolpite in pietra bianca ([14]).

Torrione dell'abside della Cattedrale, struttura architettonica del XV secolo

Addolorata, particolare del Crocifisso ligneo del 1512

Sul lato destro del prospetto, all'altezza del sagrato, dai lavori di radicale cancellazione del passato, si salvò un importante concio squadrato di pietra locale, oggi saldamente murato tra la fabbrica barocca e quella medievale. In esso si può leggere la scritta:

HOC ... O ...VS ME F
ECIT   MAGISTER IOA
NES   DOMINICVS   D
E GAGINIS I 5 4 9

da cui si apprende che lo scultore Giandomenico Gagini che nel 1549 eseguì un'opera per la comunità troinese.
La lapide, che presenta varie lacune, a causa dell'erosione della pietra, va così letta:

HOC HOPVS ME FECIT
MAGISTER IOANES DOMINICVS
DE GAGINIS 1549

La chiesa all'interno è un vero e proprio museo d'arte sacra. Fra le opere di maggior interesse vanno ricordate:
1. La statua rinascimentale di San Silvestro, nell'altare della cappella in fondo alla navata sinistra.
2. L'altare maggiore in marmi policromi, proveniente dall'Abbazia di Santa Maria degli Angeli.
3. La tavola normanna della Madonna col Bambino (pittura a tempera, cm 70 x 110), chiusa da una cornice barocca con ricchi intagli lignei. *Era il sacro Palladio dei PP. Basiliani di S. Michele, i quali con somma venerazione se la tramandarono di secolo in secolo. Aboliti gli ordini religiosi, si ebbe cura di conservare il quadro prezioso nella nostra Chiesa* ([15]).
4. Il paliotto dell'altare maggiore in seta e filo d'oro. Finissimo lavoro artigianale dell'Ottocento caratterizzato da una imbottitura che crea morbidi effetti plastici.
5. La porticina del tabernacolo dell'altare principale. Lamina d'argento sbalzato con la raffigurazione del Buon Pastore. Opera tardo barocca eseguita a Palermo con i punzoni VS e LG88.
6. La monumentale cattedra vescovile, capolavoro dell'artigianato dell'intaglio ligneo tardo baroc-

*Concio squadrato in pietra locale
con la firma di Domenico Gagini (1549)*

*Particolare del paliotto dell'altare maggiore
in seta e filo d'oro, ricamo artigianale dell'Ottocento*

Il Buon Pastore, lamina d'argento sbalzato dell'altare maggiore (fine del Settecento)

La lavanda dei piedi, lamina d'argento sbalzato dell'altare del Santissimo Sacramento (fine del Settecento)

co, con preziosi rivestimenti in oro zecchino.

7. Gli stalli lignei del 1719 che arredano il presbiterio. Di grande interesse sono i decori e le figure grottesche, finemente intagliati.
8. Il dipinto su tavola (cm 80 x 100 circa) raffigurante S. Michele Arcangelo, proveniente dal Monastero basiliano di S. Michele. Porta la data MCCCCXII e raffigura in basso la piccola figura orante di un vescovo.
9. I quattro confessionili barocchi. Capolavori dell'artigianato siciliano del Settecento. La struttura dinamica e i decori finemente intagliati sono degni di attenta considerazione.
10. L'altare della Cappella del SS. Sacramento, in fondo alla navata destra, proveniente dalla Chiesa delle Clarisse dove fu smembrato alla fine dell'Ottocento. E' un'opera monumentale in stile rococò, realizzata con marmi policromi. La porticina del tabernacolo è realizzata in lamina d'argento sbalzata ed ha i punzoni della *Città di Catania* AM GBC. La lamina raffigura la *Lavanda dei piedi*, ha le misure di 34 x 18 cm ed è opera di fine Settecento.
11. La croce lignea con il dipinto del Crocifisso. Opera proveniente dal Monastero di S. Michele, datata 1512, caratterizzata da due medaglioni quadrilobati con la figura dell'Eterno (medaglione alto) e quella dell'Addolorata (medaglione basso).
12. La statua lignea dell'Assunta recentemente restaurata. E' opera del Settecento.

Nel transetto sono conservati due grandi candelabri in bronzo del 1594 ([16]), alti circa 180 cm.
In quello di sinistra, a metà altezza circa, si legge la scritta:

> TORTORETI MEFERI GRATIA
> V GIALVATM DETERR

di difficile interpretazione. Nello stesso candelabro si nota, consumata dal tempo, una incisione con le insegne di uno stemma vescovile.
In quello di destra, si legge invece:

> CESSARE BASSANV
> + + THE NAVRR^{R}IO VS >   >

I due candelabri sono sorretti ciascuno da tre leoncini

di bronzo, certamente più antichi, recuperati da opere scultoree di cui non si ha alcuna traccia documentaria.

All'ingresso è una grande *bussola* tardo barocca, di carattere fortemente scenografico. E' rivestita con dipinti ad olio su tela dell'Ottocento e del Novecento.

La chiesa ha un carattere prevalentemente neoclassico, a motivo degli stucchi e dei dipinti che ne coprono in maniera pesante le pareti e le volte ([17]).

Nella sagrestia sono raccolti alcuni frammenti architettonici, dipinti e sculture di varie epoche. Tra essi sono di particolare interesse:

1. Il busto ligneo settecentesco della Madonna attribuito a Filippo Quattrocchi. Tale scultura, opportunamente vestita con costumi barocchi, fino a poco tempo fa, veniva utilizzata nella tradizionale processione di Pasqua.
2. Il frammento di una sculturina in pietra bianca raffigurante un soggetto femminile. Trattasi di un rarissimo reperto dell'età normanna ([18]).
3. Il Crocifisso ligneo del sec. XVII, con braccia snodabili (altezza cm 80).
4. I frammenti di un polittico rinascimentale in pietra bianca dipinta. Si notano tre catini di nicchiette (scolpiti a conchiglia) e vari pezzi di stipiti con decori cinquecenteschi ([19]).

Fino all'estate del 1999, prima che venisse rubata, la Chiesa custodiva altresì una piccola scultura lignea raffigurante il *Bambin Gesù*. L'opera di gusto barocco era assegnata a Filippo Quattrocchi.

Tesoro della Cattedrale

La Cattedrale di Troina è dotata di un proprio *Tesoro*, nel quale sono custoditi ori e argenti di pregio, prevalentemente del Settecento e dell'Ottocento: ostensori, reliquiari, crocifissi, pissidi, incensieri ... di varia provenienza. Nei punzoni di tali argenti si notano in prevalenza i simboli dei consolati di Messina, Palermo e Catania.

Le opere di maggior pregio del *Tesoro* sono però il *Bacolo*, il *Sigillo* e la *Corona dell'Immacolata*.

Il Bacolo del Pastorale Abbaziale

Il *Bacolo* è alto 54 cm ed ha un bastone ricurvo alto 29 cm. Il tempietto della base è alto 21 cm e largo 12 cm.

Sigillo vescovile, argento inciso del XII secolo

Bacolo del Pastorale Abbaziale, argento dorato e smalti della prima metà del XV secolo

La larghezza della spirale supera di poco i 15 cm. Il peso è di circa 1250 grammi.

E' interamente realizzato in argento, con parti fuse, elementi intagliati e alcuni particolari decorativi a sbalzo. La doratura di superficie è fatta a fuoco.

Le incastonature di avorio e i decori a smalto, così come le piccole saldature in filigrana, sono il risultato delle opere di finitura decorativa.

Il *Bacolo,* secondo il Lipinsky [20], all'interno della voluta rappresenta il Cristo con un Vescovo. Altri invece, a ragione, vi riconoscono S. Pietro che benedice e consacra il Vescovo Roberto [21].

Sempre il Lipinsky ritiene che il prezioso oggetto possa essere opera di argentieri napoletani, in quanto ha affinità stilistiche con pastorali analoghi di Potenza, Reggio Calabria e Tropea realizzati a Napoli intorno alla metà del Quattrocento [22].

Maria Accascina ritiene che il *Bacolo* troinese debba assegnarsi alla prima metà del Quattrocento e ipotizza che possa essere opera di argentieri peloritani [23].

Nella parte bassa, in un tempietto esagonale, che ricorda un particolare pittorico del Polittico Stefaneschi [24], figurano la Madonna col Bambino, S. Pietro, S. Paolo, S. Silvestro e il Vescovo Roberto. Il tempietto, caratterizzato da strutture architettoniche in stile gotico fiorito, è chiuso da una cupola a squame sormontata da finissime guglie intagliate. Il bastone è fiancheggiato sui due lati da elementi decorativi che si fanno particolarmente sinuosi all'interno della voluta, dove la cassettina con chiusura a scomparsa (contenente l'olio santo per l'unzione dei sacerdoti) fa da predella all'Apostolo Pietro e al Vescovo Roberto.

Stilisticamente è opera assai vicina all'*Ostensorio* della Chiesa di San Nicola di Randazzo [25], assegnato alla prima metà del XV sec.

Per qualche tempo alla fine dell'Ottocento, in seguito ad un tentativo di furto e ad una ventilata vendita clandestina, il *Bacolo* fu custodito nel vicino Monastero di San Giorgio [26].

Tralasciando i vari racconti fantasiosi, in merito all'arrivo del *Bacolo* a Troina, ci sembra di potere ipotizzare che esso provenga dal Monastero basiliano di San Michele Arcangelo, dove gli abati, com'è noto, avevano le stesse insegne dei vescovi [27]. Per la datazione concordiamo con l'Accascina, considerate le affinità stilistiche con altri argentieri siciliani della prima metà del Quattrocento.

Altare maggiore, scultura in marmo bianco statuario proveniente dall'abbazia di Santa Maria degli Angeli (sec. XVIII)

Presbiterio, particolare degli stalli lignei del 1719

Il Sigillo Vescovile

Il *Sigillo Vescovile* ha un diametro di 7 cm ed è caratterizzato da un tondo con insegne vescovili e da una corona con 8 incavi per l'incastonatura di altrettante pietre preziose. Il tondo ha il diametro di 4,5 cm; gli incavi quadrangolari, della larghezza di circa 1 cm, hanno in gran parte perduto le pietre originarie.
Dal carattere stilistico delle insegne vescovili si evince che la parte centrale dell'anello potrebbe essere assegnata all'età normanna. La base d'argento con la corona di pietre preziose è il frutto di un'integrazione successiva.
Una descrizione dettagliata dell'oggetto viene fornita dai due argentieri messinesi che nel 1788 furono incaricati di periziare gli argenti di maggior valore custoditi nella Cattedrale ([28]).

La Corona della Vergine Immacolata

Nel tesoro della Cattedrale è custodita altresì una corona dell'Immacolata con l'incisione *Virgo Immacolata*.
Si tratta di una pregevole lamina d'argento sbalzata, decorata con granati rossi e traforata a merletto secondo lo stile barocco. Le sue misure sono: altezza 15 cm, cerchio di base del diametro di 17 cm, cerchio superiore del diametro di 24 cm.
La lamina è punzonata con l'emblema della *Città di Palermo* (aquila dal volo basso) ([29]) AL: M CDIC.

L'Oratorio del Rosario

E' una cappelletta dell'Ottocento a cui si accede dal sagrato della Cattedrale. Le pareti e la volta sono coperte da stucchi e pitture del XIX secolo. Allo stesso periodo appartengono gli stalli lignei dei lati lunghi della mononavata.
L'abside è stata ricostruita in seguito al crollo causato dai bombardamenti del 1943.
Gli stalli della parete di fondo, accanto all'ingresso, sono invece tra i migliori esempi di arredo ligneo del Seicento siciliano.
I tre stalli, finemente intagliati con rilievi dal forte effetto plastico, hanno tra i decori mascheroni e grottesche tardo rinascimentali. Nei pannelli degli schienali, ad alto rilievo, figurano tre momenti fondamentali della vita della Vergine: al centro è stata intagliata l'*Assunzione della Vergine*; nel pannello di sinistra è scolpita la *Visita ad Elisabetta* ([30]); in quello di destra c'è la scena della *Presentazione al Tempio*.

Oratorio della Confraternita del Rosario, particolari degli stalli lignei dell'Assunta, capolavori dell'artigianato siciliano del Seicento

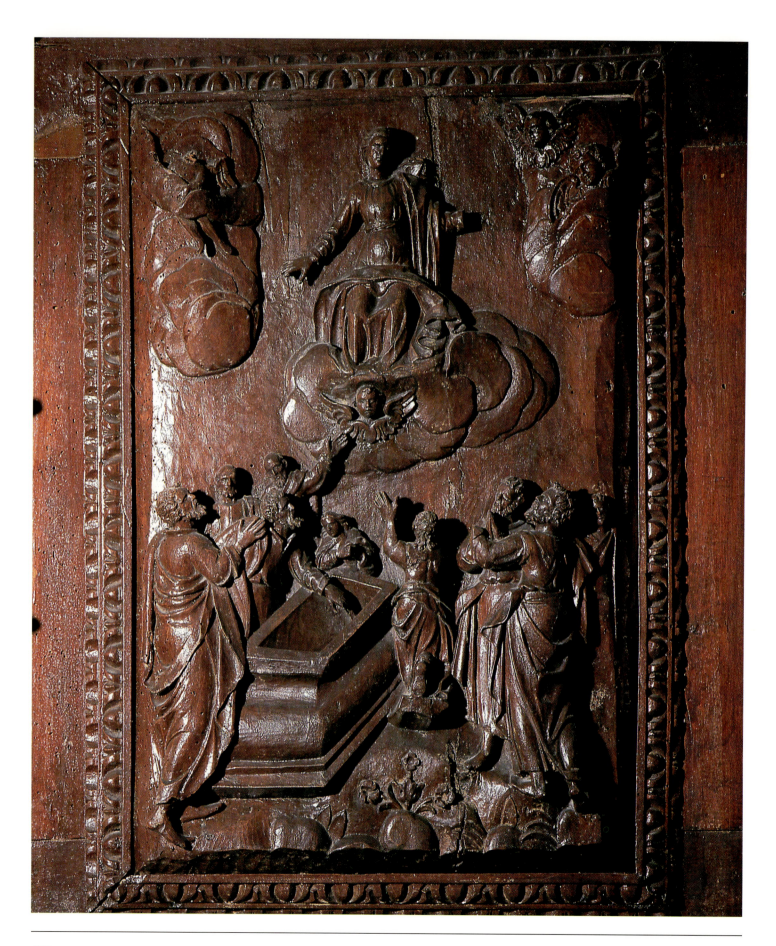

Nelle pagine precedenti:
Assunzione della Vergine, particolare
degli stalli lignei dell'Oratorio del Rosario (sec. XVII)

Presentazione al Tempio, particolare degli stalli lignei
dell'Oratorio del Rosario (sec. XVII)

Oratorio del SS. Sacramento, particolare dell'Ultima Cena,
dipinto ad olio su tela applicata alla volta (sec. XVIII)

Oratorio del SS. Sacramento, Cristo Pantocratore,
pittura recente sovrapposta a strati cromatici più antichi

La Confraternita del Rosario venne fondata nel 1599, giusto atto del Notaio Marcoantonio Blasco di Troina del 3 maggio 1599.

L'Oratorio del SS. Sacramento

Sorge nei locali sottostanti il piano della Cattedrale. Il suo sviluppo planimetrico coincide con il soprastante transetto.

Fu concesso all'Arciconfraternita dei Bianchi verso la fine del sec. XVI (fino ad allora lo spazio sacro era dedicato a Santa Lucia).

In questo luogo, si vuole che abbia celebrato Messa il Papa Urbano II, nel 1088, in occasione della sua venuta a Troina [31].

Nel catino di una piccola abside si nota la figura di *Cristo* dipinta secondo gli schemi dello stile normanno. Si tratta di una ridipintura abbastanza recente, sovrapposta a strati pittorici più antichi.

La pavimentazione dell'Oratorio è realizzata con mattoni stagnati del Settecento.

Negli ambienti sotterranei si possono rilevare le strutture di una *Cripta Cimiteriale* che probabilmente risale alla costruzione della Cattedrale ruggeriana.

Cattedrale di Troina, Simulacro di San Silvestro, *opera di Giovanni e Jacopo Tifano (1484-85)*

NOTE

(¹) Goffredo Malaterra, *De Rebus Gestis, Rogerii Calabriae et Siciliae Comitis et Roberti Guiscardi Ducis fratris eius*, a cura di Ernesto Pontieri, Bologna 1928, libro II, cap. XVIII, pg. 34 - 35: *"... Inde Traynam veniens, a christianis civibus, qui eam incolebant, cum gaudio susceptus, urbem intrat: quam pro velle suo ordinans, ibidem natalen Domini celebravit"*.

(²) Cleofe Giovanni Canale, *La Cattedrale di Troina, influssi architettonici normanni e problemi di datazione*, Palermo 1951, pp. 14-15.
Per una più ampia conoscenza degli edifici normanni del territorio troinese può essere utile altresì la consultazione del testo di Cleofe Giovanni Canale, *Strutture architettoniche normanne in Sicilia*, Palermo 1959.

(³) Goffredo Malaterra, *Op. cit.*: *"... Coementarios conducens, undecumque aggregat: Templi jacit fundamenta in urbe T(r)aynica. Ad quod perstans, studiosus aevo brevi superat. Laquearia tectorum ligantur ecclesiae; Parietes depinguntur diverso bitumine; Consecratur in honore Viriginis Purperae"*.

(⁴) Cleofe Giovanni Canale, *La Cattedrale di Troina ...*, *Op. cit.*, pp. 24-25.

(⁵) Cleofe Giovanni Canale, *Op. cit.*, pag. 32.

(⁶) Gioacchino Di Marzo, *Delle Belle Arti in Sicilia*, Palermo 1858, vol. I, libro II, pag. 142.

(⁷) Tommaso Fazello, *Dell'Historia di Sicilia*, Traduzione di P. Remigio, Palermo 1628, pag. 196.

(⁸) Francesco Bonanno, *Memorie storiche della Città di Troina*, Catania 1789, pag.72, n.V: *"... Venerabili B. Præposito Ecclesiæ Nostræ Divæ Mariæ in Castro Troinæ. Quia pro exequendo funore decenter carissimi filii nostri Jordani, cujus corpus illuc deponi fecimus ..."*.

(⁹) V. Squillaci, *Chiese e Conventi, memorie storiche e folkloristiche della Città di Troina*, ms. 1965, Catania 1972, pp. 29-30.

(¹⁰) Cleofe Giovanni Canale, *Op. cit.*, pag. 19, pag. 47, tav. II, fig. IV a.

(¹¹) Si noti in tal senso il concio decorato a fogliame, intagliato nella pietra arenaria locale, murato alla meno peggio sul primo tratto del muro della Cattedrale che si proietta nella Via Urbano II.

(¹²) La scultura leonina, di cui si dirà in seguito, era collocata nel prospetto della Chiesa di San Giorgio.

(¹³) Cleofe Giovanni Canale, *Op. cit.*, pag. 40.

(¹⁴) Nell'estate del 1999, nel corso dei miei sopralluoghi di studio a Troina, ho avuto modo di visitare le fondamenta della Cattedrale a cui si accede da un ambiente a destra del sagrato. Qui ho potuto verificare come l'antica costruzione si aggrappi direttamente alla roccia. Ho constatato altresì come l'ossario sia stato nel tempo selvaggiamente ripulito senza studiare i sedimenti e i reperti. Nelle fondamenta si trovano ancora la statua acefala della Madonna col Bambino, opera tardo rinascimentale e la statua acefala dell'Apostolo S. Pietro, del Settecento.

(15) Salvatore Fiore, *Il Conte Ruggero e la Chiesa Matrice di Troina*, Grottaferrata 1914, pag. 25.

(16) Salvatore Fiore, *Op. cit.*, pag. 26: *"... Due grandi candelabri in bronzo fuso... Una memoria antica ci riferisce che essi furono rifusi con la spesa di onze otto nel 1594 oltre il metallo dei vecchi candelabri ed altri piccoli. I sei piccoli leoni, che ne sorreggono le basi, sono però lavoro assai più antico; forse si trovavano nei vecchi candelabri"*.

(17) I pilastri, le paraste e altri particolari architettonici della Cattedrale sono dipinti con la tecnica della tempera a *finto marmo*.

(18) E' opera degna di essere studiata con attenzione e di essere conservata con ogni norma di sicurezza.

(19) Tra i particolari scultorei si notano tracce dell'originario colore di rivestimento.

(20) Angelo Lipinsky, *Der bischofsstab von Troina*, in Sicilia, n.73, Palermo 1973, *"... figuren befestigt sind: ein tronender Christus einen vor ihm knieenden Bischof segnend"*.

(21) Francesco Bonanno, *Memorie storiche della Città di Troina*, Catania 1789, pp. 96-97. Il Bonanno al n. XXVII riporta la *Descriptio insignium Episcopalium Ecclesiæ Troinensis* sottoscritta da due argentieri della Città di Messina che il 24 giugno 1788 effettuarono una ricognizione degli elementi di maggior pregio del *Tesoro* della Cattedrale: *"... noi abbiamo veduto, e diligentemente osservato secondo la nostra arte e perizia. In primis un Bacolo d'argento di manefattura Gotica usata anche dai Greci, tutto smaltato, e con intagli addorati, e nella sommità d'esso l'Apostolo S. Pietro, che sta a sedere in atto che benedice un Vescovo genuflesso avanti a lui, e nell'asta del medesimo Bacolo un tratto d'architettura Gotica rappresentante diversi pilastri, e con nicchie, dentro le quali vi sono le immaggini degli Apostoli, e nel prospetto di Maria Vergine col Bambino Gesù in mano, titolo di detta Chiesa Madre di Troina, mancante detto Bacolo in buona parte della verga, è di peso libre nove... D. Salvadore Renaldi argentiere... D. Gaetano Pomara giojelliere messinese"*.
Lo stesso Bonanno a pag. 41 scrive: *"... nell'antichissimo Bacolo... trovasi il Vescovo scolpito in ginocchio avanti la cattedra del principe degli Apostoli S. Pietro, che lo benedice"*.
Anche Giovanni Paternò Castello, *Nicosia, Sperlinga, Cerami, Troina, Adernò*, Bergamo 1907, pag. 107, riconosce la figura di San Pietro: *"... la voluta terminare è chiusa e dentro vi s'ammira l'Apostolo Pietro seduto, in atto di benedire un Vescovo che gli sta genuflesso davanti"*.

(22) Angelo Lipinsky, *Op. cit.*, *"... questo gioiello troinese va inquadrato nell'ambito dell'arte orafa del XV sec. a Napoli"*.

(23) Maria Accascina, *Oreficeria di Sicilia dal XII al XIX secolo*, Palermo 1976, pp. 222-223: *"... se ad un maestro messinese della prima metà del '400 si possa attribuire il baculo d'argento della Chiesa Madre di Troina, che ha nella voluta una decorazione a smalto translucido (rifatta posteriormente) e nel nodo un tempietto gotico con cupoletta a squame, in una composizione di elementi nordici e toscani che potrebbe essere avvenuta in una bottega messinese, è una proposta che può essere fatta non senza dubbi e incertezze"*.

(24) Parente di Giotto, inizi del sec. XIV, Polittico Stefaneschi, Roma, Pinacoteca Vaticana (si veda il particolare del Ritratto del Cardinale Caetani).

(25) Luigi Hyerace, *L'Ostensorio di Randazzo*, in *Le arti decorative del Quattrocento in Sicilia*, Roma 1981, pp. 45-46.

(26) Mariano Foti Giuliano, *Memorie paesane, ossia Troina dai tempi antichi sin oggi*, Catania 1901, pag.22: *"... anni addietro, per iscansare una possibile vendita clandestina, fu messo in una cassa a tre chiavi e consegnato alla badessa del monastero di S. Giorgio"*.

(27) Su tale provenienza sono d'accordo tutti gli storici locali. Vincenzo Squillaci, *Chiese e Conventi*, ms. 1965, Catania 1972, a pag. 57 addirittura, senza citare la fonte da cui ha attinto la notizia, afferma che: *"... un preziosissimo baculo pastorale (fu) comprato dai Greci dallo Abbate Carduchio verso la metà del secolo XV"*. La notizia, senza ulteriori approfondimenti, è riportata anche da Salvatore Gioco, *Diocesi Nicosia*, Catania 1972, pag. 547 e da Angelo Lipinsky, *Op. cit.*
Nel Monastero di San Michele, come si apprende da Rocco Pirro, *Sicilia Sacra*, not. IX, lib. IV, pag. 1018, l'undicesimo Abate fu *Fr. Adrianus de Carduchio*, il dodicesimo fu *Fr. Hieronymus de Carduchio*. Entrambi appartenevano alla nobile famiglia dei *Napoli* e vissero nel XV secolo. La notizia, fatta circolare da V. Squillaci, fu forse attinta da uno dei tanti manoscritti del Monastero di San Michele, oggi dispersi. Giacomo Lo Cascio, *Troina al tempo dei Normanni*, Catania 1970, riferisce che da ragazzo fu testimone oculare della dispersione della collezione dei reperti archeologici, provenienti dal sito in cui nel Settecento fu costruito il nuovo Monastero di San Michele. Fu testimone altresì del fatto che la gran parte delle *pergamene*, che riempivano due grandi scaffali nelle stanze dell'Abate, furono *vendute ai salumai*.

(28) Francesco Bonanno, *Op.cit.*, pag. 97: *"...più un anello d'argento addorato del diametro di oncie tre, e linee tre del commune, con numero otto pietre rosse, e verdi di cristalli di Rocca, e di fattura antichissima di peso oncie quattro...oggi in Troina 24 giugno 1788. D. Salvadore Renaldi argentiere...D. Gaetano Pomara giojelliere messinese"*.
Giovanni Paternò Castello, *Op. cit.*, pag. 107, ebbe modo di ammirare l'anello allora conservato, insieme al Bacolo, in una cassa a tre chiavi dalla Badessa del Monastero di San Giorgio, e notò che delle pietre originarie ne rimaneva solo una: *"... v'è anche l'anello del primo Vescovo, d'argento massiccio, pesantissimo e con in giro grosse pietre preziose legate a giorno, delle quali al presente se ne conserva solo una"*.

(29) Dallo stile e dal punzone si evince che la corona è assegnabile agli inizi del Settecento.

(30) E' interessante notare come l'anonimo ebanista, artista di indubbia capacità tecnica e di notevole forza espressiva, nel cagnolino che fa festa alla visita ha voluto proporre una raffinata citazione dei leoni normanni della Cattedrale troinese.

(31) F. Bonanno, *Op. cit.*, pag. 32, *"... Il Sommo Pontefice Urbano II... celebrò quotidianamente la Messa nella Cappella inferiore della Chiesa detta di Santa Lucia...che ne compariscono attualmente le vestigia negli antichissimi scalini di quello altare oggi Oratorio de' Nobili sotto titolo de' Bianchi con queste parole PREFUIT URBANI II. PRESENTIA SEDES"*.

CAPITOLO 6

I monasteri basiliani di Troina

Cenobio di Sant'Elia di Ambulà (*)

"... il più antico di S. Elia di Ambula, ossia del Buon Consiglio, a cinque miglia dalla città, ebbe a fondatore nel 1080 il Conte Ruggero, il quale, per voto ingaggiato prima dell'acquisto del paese, diede un'amplissima dote, ordinato primo Abate Giovanni, personaggio di esimia virtù. Oggi è vuoto di monaci, i quali emigrarono in quel di S. Silvestro" ([1]).

Da tale racconto di Vito Amico apprendiamo che nel sec. XVIII il *Monastero di Sant'Elia* era già in disuso, infatti l'abbandono del cenobio iniziò molto tempo prima ed esattamente alla fine del primo quarto del sec. XVII quando era Abate il netinese Rocco Pirro ([2]).

Nel *Cenobio*, il Gran Conte raccolse tutti coloro che negli anni della persecuzione dei saraceni erano vissuti da eremiti sotto la regola di San Basilio.

La chiesa, costruita nella stagione normanna, fu addossata ad un roccione e di essa oggi si possono vedere solo pochi ruderi nella contrada detta di *Sant'Elia*. Studiando gli allineamenti murari Cleofe Giovanni Canale ([3]) è giunto alla conclusione che essa doveva avere un impianto a mononavata e che le dimensioni erano all'incirca di 6 metri per 12.

La struttura muraria alquanto semplice doveva essere caratterizzata dal volume semi cilindrico dell'abside chiuso dalla calotta a curvatura sferica del catino.

L'Abate di Sant'Elia e San Silvestro occupava, nel Settecento, il XXXVIII posto nel Parlamento Siciliano. Le istituzioni chiesastiche e conventuali suffraganee di Sant'Elia erano: la *Chiesa* e il *Priorato di San Mercurio*, nella contrada omonima a nord del centro urbano, la *Chiesa di San Basilio* con l'annesso *Cenobio*, nell'ex feudo di San Basilio, a nord est dell'abitato di Troina ([4]).

(*) Con questo simbolo sono indicati i monumenti non più esistenti.

*Monastero
di San Michele Arcangelo vecchio,
stucchi seicenteschi*

Chiesa e Priorato di San Mercurio (*)

Citato più volte da Rocco Pirro (⁵), del *Complesso Conventuale* e della *Chiesa di San Mercurio* si sa che nel 1134 apparteneva alla giurisdizione dell'*Archimandrita di San Salvatore in Faro*.

Da Mario Scaduto (⁶) si apprende che il *Priorato*, unitamente al *Cenobio di San Basilio*, fu fondato dal Conte Ruggero.

Oggi, di quella che il Pirro annota fra le 24 Abbazie della Diocesi di Messina, non resta più nulla. Dall'Abate netinese, si apprende tra l'altro che già nella metà del sec. XVII il *Priorato* era completamente distrutto.

Cenobio di San Basilio extra Troynam (*)

Fondato nei primi anni del governo normanno, è oggi ridotto ad un ammasso di ruderi. Studiando gli allineamenti murari Cleofe Giovanni Canale (⁷) ha ipotizzato l'impianto planimetrico consistente in una mononavata di 20 metri per 6 circa.

Lo spazio interno in origine doveva essere diviso in due settori, quello dei presbiteri e quello dei fedeli.

Sia la *Chiesa di Sant'Elia d'Ambulà* che questa di *San Basilio* mostrano nell'impianto l'influenza della cultura architettonica bizantina.

Monastero di San Michele (vecchio)

La prima Chiesa dedicata a San Michele Arcangelo, costruita su una collina rocciosa a circa 3 km a sud dall'abitato, sorse in seguito alla sconfitta dei saraceni e al conseguente possesso della città da parte del Gran Conte. L'edificio, visto dalla Cittadella, doveva presentarsi come un simbolo di vittoria, di fede e di potenza.

Alcuni decenni dopo avvenne l'ampliamento del complesso strutturale che vide la riconferma dell'impianto planimetrico della Chiesa antica e la realizzazione di nuovi ambienti.

Il Monastero fu dotato di ampi privilegi e fu persino reso autonomo rispetto al Vescovo diocesano.

Dell'edificio, della comunità basiliana che vi risiedeva, degli abati che lo hanno governato nel tempo, dà ampie notizie Rocco Pirro (⁸).

Dopo l'abbandono, avvenuto intorno alla metà del Settecento, lo stato di fatto, poco dissimile dalla situazione attuale, viene descritto da Vito Amico il quale riferisce che *andò in rovina e conserva appena gli avanzi di veneranda antichità* (⁹).

Monastero di San Michele Arcangelo vecchio, membrature architettoniche e stucchi decorativi del Seicento

Qui visse San Silvestro. Alla sua morte i frati lo seppellirono nella Chiesa di San Bartolomeo, alle pendici dell'abitato, in un sito che successivamente fu inglobato nelle strutture del Monastero di San Silvestro.

Nell'enorme spianata di ruderi, Cleofe Giovanni Canale ([10]) è riuscito a individuare la struttura dell'impianto della Chiesa che era a *navata unica, con transetto sporgente e terminazione triabsidata.*

La chiesetta, ispirata ai prototipi benedettino-cluniacensi, era rinchiusa all'interno di una cinta muraria rettangolare di evidente carattere difensivo.

Intorno all'originario complesso è oggi possibile vedere altre macerie e altre strutture appartenenti alle opere di rifacimento eseguite dopo il terremoto del 1643. Della metà del Seicento sono infatti i pochi stucchi che ancora oggi è possibile rilevare in alcuni tratti murari ([11]).

La gran parte del materiale lapideo utilizzato per il complesso originario e per le strutture aggiunte è oggi disseminato nella campagna circostante e in particolare lungo la scarpata orientata a tramontana. Qui lo storico dell'arte e l'archeologo, nel corso di auspicabili campagne di studio e di scavo, potranno sicuramente trovare gli ultimi rivestimenti decorativi del complesso monastico ([12]).

Il Monastero fu abbandonato definitivamente subito dopo la prima metà del Settecento, in seguito al trasferimento dei monaci nel nuovo Cenobio che fu edificato tra la fine degli anni Cinquanta e la fine degli anni Ottanta del sec. XVIII.

Monastero di San Michele (nuovo)

Il Cenobio dei Padri Basiliani di San Michele Arcangelo nuovo fu edificato nella contrada *Parapià*, nell'area di una necropoli ellenistica ([13]), tra la fine degli anni Cinquanta e la fine degli anni Ottanta del sec. XVIII.

L'Amico ebbe modo di vedere il cantiere della nuova costruzione e provandone grande stupore così lo descrisse: *"...E' degno di attenzione il novello, che da pochi anni presero con tutta magnificenza a fabbricare i monaci".*

Il complesso architettonico occupava una superficie di 8.300 mq ed era costituito dalla Chiesa a mononavata e dal corpo quadrangolare del Monastero.

Il prospetto della Chiesa, così come tutti gli altri elementi strutturali del complesso, fu realizzato con conci squadrati e sagomati di pietra arenaria locale. Costituito da tre ordini architettonici e caratterizzato da un triplo movimento

Monastero di San Michele Arcangelo vecchio, membrature architettoniche e stucchi decorativi del Seicento

Monastero di San Michele Arcangelo vecchio, strutture architettoniche medievali e sopraelevazione seicentesca

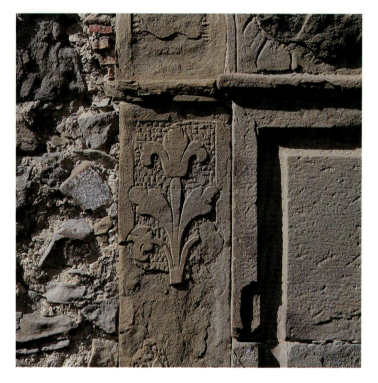

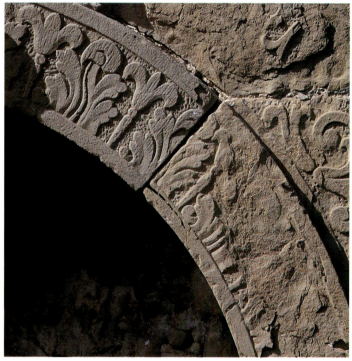

Nelle pagine precedenti: Monastero di San Michele Arcangelo vecchio, strutture architettoniche e stucchi decorativi del Seicento.

Monastero di San Michele Arcangelo nuovo, strutture architettoniche e intagli decorativi del Settecento

concavo-convesso-concavo, era rivolto a tramontana e guardava l'abitato.

L'interno, ad unica grande navata, con una volta a botte e lunettoni, era articolato con cappelle laterali, decorate con stucchi rococò.

Il Monastero ruotava intorno ad un grande chiostro quadrato realizzato con arcate a tutto sesto poggiate su pilastri a sezione quadrata.

Il Cenobio possedeva una ricca biblioteca e un *antiquarium* che custodiva i reperti archeologici provenienti dallo scavo effettuato per la realizzazione delle fondamenta.

L'abate di San Michele nel Settecento occupava il XXVIII posto nel Parlamento.

Il Monastero fu soppresso e abbandonato in seguito alle leggi del 1866-67 [14]. Le antiche pergamene, custodite fino ad allora, e i preziosi libri della biblioteca furono dispersi. La Chiesa e il Convento divennero *cava di pietra*, cantiere aperto da cui asportare conci squadrati, conci decorati e ogni altro genere di materiale costruttivo.

Ad alcune foto, degli inizi del secolo, è affidato il compito di documentare nel tempo il carattere artistico e il valore storico di un'entità ormai incenerita [15].

Monastero e Chiesa di San Silvestro

"...Visse quivi S. Silvestro Monaco; ma avendo deposto il Frate nella Chiesa di S. Bartolomeo, fra i due Conventi già descritti dei Carmelitani e dei Cappuccini, nel 1625, per munificenza dei pietosi cittadini, le fù annesso decente Convento, in cui si raccolsero i Monaci di Sant'Elia, come scrive il Pirri, il quale ne fù Abate, e lagnasi di essere stato abbandonato l'altro antichissimo. Sussiste adunque il novello di San Silvestro sotto Abate proprio, e di giorno in giorno si estende nelle fabbriche. Nella sua ragguardevole Chiesa intanto, sotto uno splendido altare, è il corpo di S. Silvestro, in un sarcofago, che sito da gran tempo profondamente nel terreno, or si attesta prodigiosamente sollevato in modo superiore all'umana industria" [16].

Il nuovo complesso religioso, edificato dai Basiliani a partire dal 1625, subì gravi danni in seguito al terremoto del 1693, ma fu prontamente ricostruito con il concorso economico della Confraternita di San Silvestro [17].

La ristrutturazione radicale del Monastero e della Chiesa risale invece agli inizi dell'Ottocento e ne è testimonianza la lapide (1801) del prospetto:

R. Tempium. Divo. Silvestro Sacrum.
Abb. Dom. Gargallo. Commendatum.
Ferdinandus IV
Munificentia. Abb. Sumptibus.
Restauravit. A. D. MDCCCI.

Tali lavori sono altresì documentati da un cartiglio collocato sull'arco di trionfo (1805), all'interno della Chiesa ([18]):

Regiam. Basilicam. Quam. Divo. Silvestro.
Publica. Pietas. Exerit.
Temporis. Vetustate. Collapsam.
Ferdinandi. IV Pii. Fel. Aug.
Munificentia. Restauravit. A. D. MDCCCV

L'edificio chiesastico ha un impianto basilicale di ampio modulo, con colonne monolitiche in arenaria grigia locale sormontate da capitelli scolpiti a fogliame. Tali capitelli sono stati barbaramente distrutti nell'Ottocento per essere rivestiti di stucco e decorati con il fogliame tipico dell'ordine corinzio.

A testimonianza degli antichi capitelli, restano visibili alcuni esempi, nelle colonne del transetto.

Sulla grande parete che separa la navata centrale dall'antico presbiterio, compaiono due nicchiette ottocentesche con stucchi raffiguranti la *Guarigione del figlio di Guglielmo* e *San Silvestro in preghiera davanti al Crocifisso*.

Il prospetto ottocentesco ha linee semplici ed è realizzato in arenaria grigia con l'inserimento di pietra bianca di Siracusa nei capitelli e nei plinti.

Tra le opere di carattere artistico, meritano di essere menzionate:

1. La statua in marmo bianco statuario di San Silvestro riferibile alla scuola dei Gagini (prima metà del Cinquecento). La statua, in posizione orizzontale, è chiusa da un baldacchino costruito nella cappella del Santo che è situata sul lato destro del transetto, fuori dal perimetro della Chiesa. La cappella è addossata alla viva roccia e ricalca probabilmente il perimetro della chiesetta di San Bartolomeo che custodiva l'antico Sepolcro del Frate.
2. Lastra tombale, in marmo, collocata all'inizio della navata sinistra.
3. Inferriata ottocentesca del Sepolcro del Santo.
4. Grande porta, in disuso, con ricchi intagli e dipinti in cui figurano il Cristo, San Silvestro ed altri Santi.

Monastero di San Michele Arcangelo nuovo, paramenti murari e strutture architettoniche del 1761

Cattedrale di Troina, dipinto di San Michele Arcangelo *(1512)* proveniente dal Monastero di San Michele Arcangelo nuovo.

NOTE

(¹) Vito Amico, *Dizionario Topografico della Sicilia*, tradotto dal latino ed aggiornato con annotazioni di Gioacchino Di Marzo, Palermo 1856, Vol. II, pag. 632.

(²) Roccho Pirro, *Sicilia Sacra, disquisitionibus et notitiis illustrata*, terza edizione emendata a cura di Antonino Mongitore, con aggiunte di Vito Maria Amico, Palermo 1733. Nella notizia VIII, pp. 1011-1016, da notizia si *Sancti Eliæ Ebuli, seu de Ambula* e riferisce *Quoniam verò Monachi Cœnobii hujus ob multa incommoda, quæ in eo patiebantur, ad novum in templo Troynensi S. Sylvestri Basiliensis... monasterium aedificatum, atque illuc se trasferendum & Regias sub anno 1625. exscriptas in lib. cancell. 3 Iunii, & Apostolicas Gregorii XV. die 3. Feb. an. 1622.*

Rocco Pirro, Abate di *Sant'Elia di Ambulà*, nacque a Noto nel 1577, fu allievo dell'umanista netino Vincenzo Littara. Studiò a Catania dove nel 1601 conseguì la Laurea in Teologia e Diritto.

Filippo III di Spagna, per i meriti acquisiti nella storia ecclesiastica, lo nominò Canonico della Cappella Palatina. Nel 1609 fu nominato Visitatore della Diocesi di Monreale, successivamente ebbe l'incarico di Tesoriere della Cappella Palatina.

Nel 1614 il Papa Paolo V gli conferì la carica di Protonotaro Apostolico. Agli inizi degli anni Venti del Seicento il Re Filippo IV lo nominò Abate di *S. Elia di Ambulà*, di cui prese possesso nel 1623. Curò molte pubblicazioni ma la sua opera più importante ed impegnativa resta la *Sicilia Sacra* dopo la cui pubblicazione ebbe altri incarichi e titoli. Fu Giudice Ecclesiastico, Esaminatore Sinodale e Visitatore della Diocesi di Palermo, nonché reggente della Chiesa di Mazara del Vallo.

Nel 1642 il Re Filippo IV lo nominò Storiografo Regio con il compito di *cercare e conservare i documenti antichi e recenti, sia negli archivi regi che in quelli privati.*

Morì a Palermo, dove aveva lungamente vissuto, l'8 settembre 1651.

(³) Cleofe Giovanni Canale, *Strutture architettoniche normanne in Sicilia,* Palermo 1959, pag. 40: *"...a nord-est di Troina, a circa dieci chilometri, esistono ancora i ruderi dell'antico cenobio di S. Elia di Ambula. La località scelta per la costruzione è una formazione rocciosa che domina la pianura circostante. Nell'esplorare la sommità abbiamo notato ampi tratti murari di epoca tarda, da attribuire all'ultima fase costruttiva (sec. XVII), e soltanto poche tracce di muratura in laterizio".*

(⁴) Di una chiesa urbana dedicata a San Basilio, diversa da quella di cui si sta trattando, si ha notizia nel manoscritto settecentesco di *Frate Antonino da Troina* custodito nella Biblioteca dei PP. Cappuccini. Il frate afferma che la *Chiesa del Nome di Gesù* era in origine dedicata a *San Basilio*, da qui la ragione per cui il quartiere circostante riporta lo stesso nome.

O. N. Longo, *Un Manoscritto inedito di Frate Antonino da Troina*, Catania 1901.

(⁵) Rocco Pirro, *Op. cit.*, menziona più volte il Priorato di San Mercurio:

Tomo 1°, Notizia seconda, pag. 441: *In tota Diocesi XXIV. Abbates existunt... 13. D. Michaelis de Trayna. 14. D Eliae de Ambula. 15. D. Mercurii Troinae.*

Tomo 2°, Notizia prima, Libro IV, pag. 973-974: *In domine Dei, Salvatoris Nostri Jesu Christi anno ab Incarnatione ipsius 1131 ... S. Eliam de Embula, S. Basilium de Trayna, S. Mercurium de Trayna.*

Tomo 2°, Notizia prima, Libro IV, pag. 979: *Eccl. S. Mercurii de Trayna*(riferimento di una bolla del 1134).

Tomo 2°, Notizia prima, Libro IV, pag. 998-999: *In Sicilia, maximè in Diœcesi Messanensi in privilegio Hugonis Episcopi Messanensis sub anno 1130. hac serie disponuntur Obedientiae, & Monasteria Archimandritae subiecta ... 13. S. Eliae de Ambula hodie consertur Abbatibus.14. S. Basilii de Trayna, cujus templum pœne collapsum sub titulo Abbatiae datur à Monachorum Cœtu, tanquam beneficium simplex. Hodie Abbati Jo. à Martino Messanensi... 16. S. Mercurii de Trayna non longe a Monasterio S. Eliae, cujus juris esse decernit Visitator Puteus ann. 1588. Illius Ecclesiae solum vestigia visuntur.*

(⁶) Mario Scaduto S.J., *Il monachesimo basiliano nella Sicilia medievale*, Roma 1947.

(⁷) Cleofe Giovanni Canale, *Op. cit.*, pag. 43-44:*"... lo schema planimetrico ad unica navata longitudinale si ripete nella Chiesa del Monastero di San Basilio, il cui sito è stato da noi identificato a 3 km a nord est di Troina... Dell'edificio rimane l'intero sostruttivo. La lunga navata è interrotta al centro probabilmente da un arco che segnerebbe i limiti del bema, preceduto da un avancorpo di uguale proporzione. L'unica abside è inclusa nello spessore dei muri ed è questo un elemento utile per potere seguire l'evoluzione della iconografia absidale nel periodo normanno".*

(8) Roccho Pirro, *Sicilia Sacra, disquisitionibus et notitiis illustrata*, terza edizione emendata a cura di Antonino Mongitore, con aggiunte di Vito Maria Amico, Palermo 1733, pp. 1016 - 1020.

(9) Vito Amico, *Dizionario Topografico della Sicilia*, tradotto dal latino ed aggiornato con annotazioni di Gioacchino Di Marzo, Palermo 1856, Vol. II, pag. 633.

(10) Cleofe Giovanni Canale, *Strutture architettoniche normanne in Sicilia*, Palermo 1959, pp. 23-31.

(11) Nel corso di un sopralluogo effettuato nell'estate del 1999 ho potuto rilevare alcuni frammenti della pavimentazione della costruzione seicentesca. Si tratta di mattoni di terracotta di forma esagonale allungata, di piccole dimensioni (cm 15 x 8 circa).

(12) Nella *Croce della Timpa*, sotto il Picco San Pantheon, c'è un rocco di colonna scolpita con motivi decorativi barocchi, databile intorno alla metà del Seicento. Tale elemento, sormontato da un capitello di stile corinzio, risalente alla stessa età, proviene con ogni probabilità dalla grande *discarica* di materiale lapideo del Monastero di San Michele vecchio.
Elementi architettonici e decori dello stesso genere si notano, in gran quantità, lungo le scarpate della collina.

(13) Francesco Bonanno, *Memorie storiche della Città di Troina*, Catania 1789, pp. 94-96.

(14) In riferimento all'organizzazione domestica dei basiliani nel Cenobio troinese, può essere utile la consultazione del saggio di Arturo Alberti, *appunti sull'organizzazione domestica nell'Abbazia di S. Michele Arcangelo il Nuovo a Troina (1795-1866)*, in *La Cultura materiale in Sicilia*, Quaderno n. 12-13 del Circolo Semiologico Siciliano, 1980.

(15) Alcune foto del Monastero, risalenti agli inizi del Novecento, sono state pubblicate da Basilio Arona, *Troina città demaniale, canti popolari e religiosi troinesi*, Troina 1985, pp. 19-27-33.

(16) Così Vito Amico descrive il complesso conventuale di San Silvestro che i Basiliani di Sant'Elia di Ambulà costruirono a partire dal secondo quarto del Seicento inglobando la grotta del sepolcro di San Silvestro a sua volta racchiusa nella chiesetta di San Bartolomeo.

(17) La Confraternita di San Silvestro ebbe in concessione la chiesetta di San Bartolomeo nel 1436.

(18) La trascrizione delle lapidi è stata effettuata da Vincenzo Squillaci, *Chiese e Conventi ...*, Catania 1972, pag. 45.

CAPITOLO 7

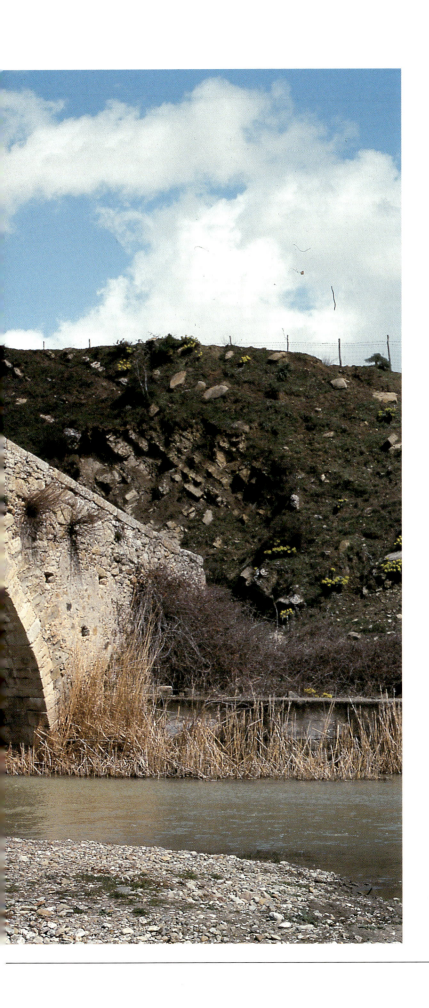

Monumenti
e opere medievali

La Moschea (*)

Sotto la dominazione musulmana, anche Troina fu sede di una moschea che sorgeva con il suo alto minareto dove è oggi *la casa di Mastro Francesco Nasca detto Tabisco e casa di Don Antoni Schillirò, il quale luogo al presente si chiama la Moschita, nel quale luogo vi era la moschea dei saraceni* (Fra Antonino da Troina, *Manoscritto Inedito* del sec. XVIII). La notizia è ripresa e pubblicata da B. Arona in *Troina Città Demaniale. Canti popolari e religiosi troinesi*, Troina 1981, pag. 23. Nel foglio 134 del *Libro Rosso*, custodito nella Biblioteca Comunale di Troina, in una nota del 16 marzo 1485 si legge che il *Casalino di Muschita dei Giudei* debba appartenere all'*Universitas* di Troina e che nessun cittadino lo possa richiedere per sé.

Il Castello

Si tratta di una massiccia costruzione a pianta quadrata, probabilmente legata alle opere di fortificazione medievali di Troina. La struttura, recentemente sottoposta ad una corretta opera di restauro, ha nella parte basamentale le caratteristiche tipologiche di un torrione. Trasformato con interventi eseguiti in varie epoche, presenta oggi, con maggiore evidenza, i segni delle ristrutturazioni barocche ed ottocentesche. Notevoli sono state le trasformazioni subite nei primi anni del sec. XVIII quando, per sistemare la via Conte Ruggero, fu abbassato il portale, poi ridefinito con il robusto bugnato, scolpito a bugne alterne con un interessante effetto plastico a scacchiera.

Sopra il concio di chiave del portale, in uno scudo decorato, è incisa la scritta *Carolus* (2ª metà sec. XVIII). Scrostando gli strati di intonaco recenti, negli ultimi restauri, è stata messa in evidenza parte dell'antica muratura medievale. Nel prospetto sono murati due stemmi della Città (quello di destra, dopo gli ultimi restauri, non è stato ancora messo in opera) ed un cartiglio intagliato che ricorda opere di risanamento effettuate sotto il regno di Filippo IV (2ª metà sec. XVII).

Sul prospetto laterale, orientato ad occidente, è incastonata una lapide in pietra calcarea che ricorda un intervento di ristrutturazione eseguito dalla Municipalità

(*) Con questo simbolo sono indicati i monumenti non più esistenti

Castello, stemma di Carlo III, 2ª metà sec. XVIII.

Castello, particolare decorativo del bugnato del portale settecentesco

Troinese, nel 1809, mentre era sindaco Domenico Polizzi e regnava Ferdinando III.

La muratura è ad *opus incertum,* ha robusti cantonali eseguiti con conci di pietra locale squadrata e una fascia basamentale con la caratteristica scarpa medievale.

Già adibito a Carcere Mandamentale, a uffici della Pretura e a Teatro Comunale, è oggi destinato ad assolvere a una funzione più confacente alle sue caratteristiche spaziali e alla sua dignità architettonica. La destinazione d'uso prevista è infatti quella museale.

Nell'alto Medioevo fu sede del Capitano di Giustizia. Nel 1399, sotto Re Martino d'Aragona, fu sede della *custodia di Provincia, ed avente il suo Regio Castellano della primaria nobiltà del Paese* ([1]).

Chiesa di Santa Maria della Catena (*)

Si tratta di un rudere, situato nella periferia sud-ovest dell'attuale abitato, nella zona archeologica.

Dalle opere murarie in evidenza si evince che nell'età bizantina, sui resti di una struttura termale romana, dell'età di Augusto, come asserisce Cleofe Giovanni Canale ([2]), fu realizzata una chiesetta a mononavata.

Tale chiesa, dedicata a Santa Maria della Catena, nel 1304 apparteneva ai Cavalieri di Malta.

Francesco Bonanno ([3]) annota che "*meritano maggiore e più particolare osservazione le vestigia dell'antichissimo Castello Acateno da cui prese il nome la tanto famosa, ed oggi diroccata Chiesa di S. Maria della Catena, sotto il convento de' PP. Carmelitani, di qual Castello trovasi menzione nel celebre Lessico di Broudràn, e della sudetta antichissima Chiesa, che nel 1304 possedeasi da' Cavalieri di Malta allora abitanti in Rodi nel Monastero Gerosolomitano di S. Maria de Catina*".

Il Bonanno annota altresì che della chiesa si ha menzione in un *Diploma* del Papa Benedetto IX, riportato dal Di Giovanni nel suo *Codice Diplomatico* (Diploma 29, T. I. foglio 404).

Da una notizia scoperta dal La Corte Cailler (Archivio Storico per la Sicilia Orientale, IX, 1933, Catania 1934, pg. 304) apprendiamo che il 20 giugno 1498 presso il notaio Antonio Manzianti (volume 1497-98, fol. 354) il nobile troinese Giovanni Antonio de Citatino *faceva donazione di alcuni suoi beni ai frati del Convento della Madonna della Catena perché si costruisse in quella chiesa una cappella con sepoltura per sé e per i suoi.*

Nell'età del Bonanno, 1789, come lo stesso autore riferisce, *sopra la porta di detta chiesa* si poteva notare *lo Stemma della Religione in figura circolare*.

Della Chiesa della Catena dà notizia anche Frate Antonino da Troina (⁴): *La Madonna della Catina è fabrica più moderna fabricata però sopra le rovine del Panteo o pure nella sudetta torre, o almeno sopra qualche portione di essa e che detta Chiesa haresse preso il nome della Catina per memoria della torre nominata Catenai.*

Negli anni in cui Orazio Nerone Longo annota il *Manoscritto* di Frate Antonino, e cioè agli inizi del Novecento, i ruderi erano in buona evidenza e dalla popolazione erano riconosciuti come parti strutturali della Chiesa della Catena (⁵).

Convento e Chiesa di Sant'Agostino

La prima comunità cristiana di Troina, prestando fede ad una dichiarazione di P. Giuseppe Di Benedetto, sorse intorno al 170 d.C. (⁶).

La prima chiesa, che la comunità locale costruì, fu dedicata ai Santi Pietro e Paolo e sorgeva nel sito attualmente occupato dalla Chiesa e dal Convento di Sant'Agostino.

I frati agostiniani arrivarono a Troina nel 1491 (⁷); in origine occuparono la Chiesa di Sant'Anna *in Vico Rosone verso tramontana,* undici anni dopo, nella stessa contrada e cioè nel sito attuale, costruirono la propria dimora definitiva occupando la Chiesa dei SS. Pietro e Paolo *dove si stende un'ampia piazza, destinata alla fiera del settembre.*

Vincenzo Squillaci (⁸) fa notare che l'indicazione *Vico Rosone verso tramontana* non è topograficamente esatta, infatti il vicolo prende nome dall'attigua fontana che è sul versante opposto a quello di tramontana e cioè nelle adiacenze dei ruderi della Chiesa di Santa Maria della Catena.

L'errore dell'Amico tuttavia non compromette l'identificazione del sito della Chiesa dei SS. Pietro e Paolo e l'insediamento in essa dei frati agostiniani.

A conferma che nel sito dell'attuale chiesa c'era un luogo di culto dedicato ai SS. Pietro e Paolo va detto che la collinetta a sud-est del convento viene chiamata *Pizzu San Petru*.

Anche la strada che passa davanti al complesso di Sant'Agostino è dedicata al primo degli Apostoli e ciò

Convento di Sant'Agostino, particolare decorativo ottocentesco del recinto del loggiato

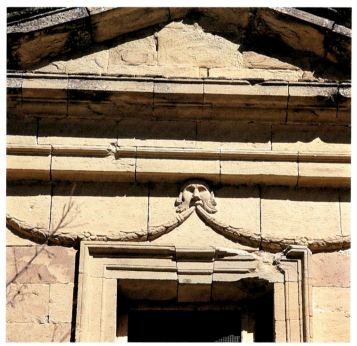

Chiesa di Sant'Agostino, particolare del prospetto neoclassico

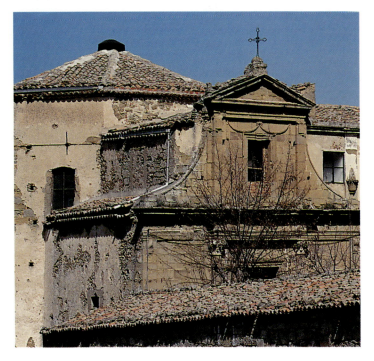

La chiesa di Sant'Agostino con la facciata di stile neoclassico

La Cittadella normanna vista dai ruderi di San Michele Arcangelo nuovo

certamente nel rispetto di una verità che la tradizione conserva e tramanda.

Da varie testimonianze scritte si apprende inoltre che la Chiesa dei SS. Pietro e Paolo (ora di Sant'Agostino), prima dell'arrivo dei normanni a Troina, era la Chiesa Madre della città.

In passato nella chiesa era molto venerato San Nicola da Tolentino di cui si conserva un dipinto ad olio su tela della prima metà dell'Ottocento. Il Santo è raffigurato al centro della scena pittorica, in alto compaiono la Madonna, l'Eterno e Sant'Agostino che lo incoronano.

Nel ricordo dell'antico culto ai SS. Pietro e Paolo, la chiesa ha un dipinto ad olio su tela raffigurante la *Conversione di S. Paolo e S. Pietro che cammina sulle acque*. L'opera è firmata da Salvatore Infantino e datata 1841. Dello stesso autore sono altri due dipinti ad olio su tela: *Sant'Agostino* e la *Madonna della Mazza*.

Tra i frati agostiniani di Troina si distinse l'Abate Padre Fulgenzio il quale, nel 1665, per elezione del capitolo tenutosi a Siracusa, fu nominato responsabile della provincia religiosa.

Il 9 settembre di ogni anno, in occasione della fiera che si svolge nei portici antistanti il complesso conventuale, nella chiesa viene trasferito il simulacro di San Silvestro, che qui fa sosta per due settimane. Nella stessa circostanza viene esposto il pregevole fercolo d'argento.

La chiesa ha pianta ottagonale preceduta da un piccolo vestibolo e risale alla fine del Settecento. La facciata, a due ordini architettonici di stile neoclassico, è tessuta con paraste, cornici ed elementi decorativi eseguiti con arenaria giallina locale. Solo i capitelli e i plinti sono eseguiti in pietra calcarea bianca.

Il convento, costituito da due corpi volumetrici, è scandito in tre ordini architettonici.

Nella sagrestia della chiesa una lastra tombale di stile barocco rivela la presenza di una cripta cimiteriale. La lastra, scolpita con ricchi decori, ha incisa la seguente scritta latina:

> HIC MONACHORUM PULVISET
> OSSA SEPVLTA QUIESVNT
> HIC FELIX PROLES CHRYSA=
> LIANA CUBAT ℘ A.D. 1711
> P.B.G. GVILELMI LO EPISCOPO

Sempre nella sagrestia, sotto gli strati d'intonaco, è possibile notare elementi strutturali precedenti alla costruzione barocca.

Attualmente nella chiesa viene conservato il fercolo d'argento di S. Silvestro, capolavoro assoluto della scultura barocca italiana.

Chiesa di San Nicolò a Scalforio

Ubicata nella parte centrale del quartiere *Scalforio*, la Chiesa di San Nicolò è citata da Vito Amico ([9]). Essa *occupa il centro, verso le parti inferiori del paese* ed ha una torre campanaria con sottopassaggio che corrisponde al sito della porta normanna detta di *San Nicola*.

Tale porta è menzionata dal cronista normanno Goffredo Malaterra nel suo *De Rebus Gestis*: "*Comes igitur funus decenter ordinans Troinam per portam S. Nicolai solemniter humandum (Jordanum) deducit*" (Ed. 1928, Libro IV).

Il riferimento alla porta fatto dal Malaterra dà la possibilità di comprendere la celerità con cui fu fortificata la parte alta del quartiere *Scalforio*. Infatti, se nei primi anni, subito dopo la conquista, i normanni occuparono e fortificarono solo la parte urbanizzata del *Castello*, poco tempo dopo, e cioè qualche anno prima della morte di Giordano (1092), figlio di Ruggero, avevano già recintato il quartiere *Scalforio* fino alla *Chiesa di San Nicolò*.

L'edificio chiesastico, a mononavata, è stato restaurato recentemente. L'intervento di risanamento formale e strutturale ha messo in evidenza, all'esterno, l'orditura muraria che è caratterizzata dalla presenza di definizioni angolari, stipiti, paraste e cornici marcapiano eseguiti con conci squadrati di arenaria grigia. Il portale d'ingresso, con ampio arco a tutto sesto, è stato rifatto per intero.

La torretta è a tre ordini architettonici.

L'interno, nel corso della recente ristrutturazione, ha perduto tutti i segni della sua vetustà. Tuttavia si possono apprezzare l'altare principale e i quattro altari laterali del Settecento. La chiesa custodisce: quattro dipinti ad olio su tela di mediocre fattura assegnabili al Settecento (quello dell'altare maggiore raffigura *San Nicolò e l'elargizione dei beni ai poveri*); un *Crocifisso* ligneo del Settecento recentemente deturpato da un intervento cromatico discutibile; la cosiddetta

La Cittadella medievale sulla cresta del Monte di Troina e il quartiere di Scalforio lungo le pendici

Centro storico, tessiture murarie

Madonna di Pasqua (scultura recente) che, con il *Cristo Risorto* conservato nella Chiesa di S. Lucia, viene portata in processione durante i riti e i festeggiamenti della Settimana Santa.

Chiesa di San Nicolò alla Piazza

Vito Amico scrive di un'*altra parrocchiale intitolata allo stesso S. Niccolò, un tempo di Santa Maria di Valìa, prende il nome dal foro cui sta presso. Essa siede nella parte superiore, donde si apre la discesa alla terza intitolata a S. Lucia* ([10]).

Nelle poche strutture murarie che hanno resistito alle trasformazioni e alla cancellazione della chiesa è possibile leggere due archi ogivali di età medievale. Uno di essi, murato sul prospetto orientale in basso, risale ai primi interventi urbani del periodo normanno.

L'attuale prospetto, risultato di rimaneggiamenti e ristrutturazioni di varie epoche, è realizzato con conci squadrati di arenaria grigia locale, trattato con effetto materico a tessitura verticale.

Sul lato orientale della chiesa si nota sulla parte basamentale una partizione architettonica rinascimentale eseguita con paraste, delle quali rimangono solo alcune delle modanature dei plinti. Le paraste, sicuramente realizzate con pietrame minuto non ammorsato nella muratura, si sono dissolte nel tempo.

L'interno, a mononavata, custodisce tre dipinti ad olio su tela degli inizi dell'Ottocento di mediocre fattura. La volta, dell'Ottocento, è realizzata con semplici stucchi.

Di fronte alla chiesa sorge un interessante palazzetto del Settecento con dettagli decorativi di matrice tardo barocca.

Al numero 150 di via Conte Ruggero, nel primo tratto della discesa, è ubicato un piccolo edificio del Settecento di proprietà della famiglia **Sollima**, con strutture architettoniche realizzate a conci squadrati di tufo grigio. Spicca sul portale d'ingresso un grande stemma barocco con *Ostensorio*, utilizzato come concio di chiave. Si tratta dell'unico documento lapideo esistente della **Chiesa del SS. Sacramento** che in questo luogo doveva sorgere nel Settecento.

Chiesa di San Bartolomeo (*)

Preesisteva alla venuta dei normanni e sorgeva accanto ad una grotta nella quale, nel 1164, morì S. Silve-

stro. Si affiancava alla chiesetta una piccola infermeria gestita dai frati del Monastero Basiliano di S. Michele.
L'edificio chiesastico fu demolito intorno al 1625 per fare posto alla Chiesa di S. Silvestro.

Castello di Tauriana (*)

Secondo alcune ipotesi, non sufficientemente argomentate e per niente documentate, il *Thaurianum Castrum* doveva essere un castello ubicato sul Monte Troina, nel sito della cittadella normanna.
La sua esistenza dovrebbe essere precedente all'arrivo, e alla conseguente urbanizzazione fortificata, del Conte Ruggero.
Da altre ipotesi si apprende invece che tale castello poteva sorgere nel luogo del *Catinone* o in altro sito *extra moenia* non specificatamente identificato.
Ciò che si sa con certezza è che il *Thaurianum Castrum* è citato nei documenti normanni assieme a *Troina Civitas* ([11]) e che *Teodorus Sanctissimus Episcopus Thaurianas Insulæ Siciliæ* partecipò al Concilio Niceno II, tenutosi contro gli iconoclasti nel sec. VIII.
Il *Thaurianum Castrum* in ogni caso doveva sorgere nei pressi di Troina e prima dell'arrivo dei saraceni in Sicilia il *Vescovo di Troina* era anche *Vescovo di Tauriana*:"... è prestantissimo motivo credere, che il Vescovo di Tauriano in Sicilia... sia stato lo stesso, che il Vescovo di Troina" ([12]).

Castrum Alcharæ (*)

I troinesi chiamano *Larcara* la contrada che si estende ad est della città antica. Qui secondo ipotesi non documentate pare che, prima dell'arrivo degli Altavilla, esistesse un castello. L'unica verità documentabile è che il *Castrum Alchare* è citato in alcuni documenti normanni.
Rocco Pirro, nella sua *Sicilia Sacra, disquisitionibus et notitiis illustrata*, terza edizione emendata a cura di Antonino Mongitore, con aggiunte di Vito Maria Amico, Palermo 1733, scrive di un *Castellum Alchariæ*, della *terram tenimenti Alcariæ* e di *Alcariam*:
Tomo 1°, Notizia seconda, pag. 383: *infra has divisas dedi tibi in Tragina Milgin cum terminis suis, homines decem in Tragina. Dedi quoque apud Demennam Castellum Alchariæ cum tenimentis suis.*

Centro storico, particolari costruttivi

Tomo 1°, Notizia seconda, pag. 391: *terram tenimenti Alcariae datam per benedictum Rogerium Comitem nostrum patrem pro salute suae anima ad Ecclesiam Sancti Nicolai Episcopatus Messanae.*

Tomo 1°, Notizia seconda, pag. 392: *qui vadit ad Traynam, vadit ad Alcariam.*

Chiesa di Santa Domenica de Fodeglia (*)

E' citata da Rocco Pirro ([13]) fra le grange e le chiese dipendenti dal Monastero di S. Michele: "... *S. Dominicæ de Fodeglia in eodem nemore hodie diruta est*". Di essa non si ha più alcuna traccia, si sa solo che era ubicata a circa 7 km a nord-est di Troina nella contrada di *Santa Domenica de Fodeglia,* nota anche come *Santa Domenica-Gumato*.

Questa chiesa non va confusa con il **Monastero di Santa Domenica** (non più esistente) poiché questo era ubicato nella parte estrema orientale del quartiere *Scalforio* e occupava il perimetro in cui attualmente sorgono alcune abitazioni, tra la via Cairoli, il vico Febo e la via Dante.

In tale monastero si trasferivano nel 1622 i monaci basiliani di *S. Elia di Ambulà*, poiché il loro cenobio era andato in rovina.

Fino agli inizi del Novecento nella periferia nord di Troina esisteva anche una **Chiesa** dedicata a **San Domenico**. Ad essa forse apparteneva il fusto di colonna in pietra locale murato nella vicina *Casa Treccarichi*.

Chiesa di San Biagio

E' una chiesetta a mononavata, situata verso l'estremità occidentale del quartiere *Scalforio*. Della sua originaria struttura medievale resta solo un grande arco gotico nel prospetto. Tale arco, così come un portale settecentesco inserito nella sua luce, è tamponato.

Al vano chiesastico si accede pertanto da una porticina ricavata sulla parete del lato sinistro della chiesa.

Nel 1889, com'è documentato da una iscrizione collocata nella cantoria, addossata alla parete interna del prospetto, subì un profondo restauro per iniziativa del Can. Silvestro Scorciapino.

Nelle pareti laterali sorgono altari tardo barocchi. In due di essi sono custoditi due dipinti ad olio su tela dell'Ottocento.

L'altare principale, anch'esso tardo barocco, ha un di-

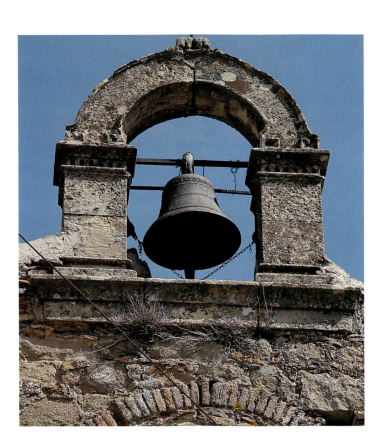

Chiesa di San Biagio a Scalforio, particolare

pinto ad olio su tela degli inizi dell'Ottocento di mediocre fattura.

Ai piedi dell'altare maggiore una lapide del 1804 segna l'apertura della fossa cimiteriale sottostante. Il pavimento è realizzato con *balate* quadrate di arenaria grigia. La cantoria, di fine Ottocento, è decorata con stucchi di maniera.

Analizzando la muratura dall'esterno si evince che essa è ad *opus incertum*. I conci squadrati, di grandi dimensioni, sono solo nei cantonali e nella parte basamentale. Quest'ultima poggia direttamente sulla nuda roccia che si vede affiorante sul lato destro del prospetto.

Nella piazzetta antistante la chiesa, il 3 gennaio, per la festa di San Biagio V., un tempo veniva creato un grande falò al quale accorreva tutta la gente di *Scalforio*.

Chiesa di Santa Maria di Valia (*)

Sorgeva nei pressi dell'antico foro urbano, cioè nel quartiere denominato *Piazza*. Di essa non rimane alcuna traccia poiché dovette essere demolita, con il vicino *Monastero degli Angeli*, in seguito alla costruzione dell'edificio delle Scuole Elementari.

Ponte di Faidda

Sorge su una importante trazzera di collegamento fra Troina e Randazzo, sulla pista di un antico percorso interno dell'Isola che da Messina portava a Palermo. E' a due arcate disuguali, leggermente ogivali, e supera le acque del *Fiume Troina*.

La parte superiore, a schiena d'asino, è ricoperta da un interessante selciato. La struttura è realizzata con conci squadrati di pietra locale, materiale con cui sono costruiti anche i parapetti.

Il Ponte di Faidda, così detto per la contrada in cui sorge, per le sue caratteristiche costruttive potrebbe essere assegnato al XIV secolo.

Fino a poco tempo fa, nella stessa contrada, sorgeva un altro ponte con le stesse caratteristiche architettoniche. Era detto **Ponte dell'Angilella**.

Porte della Cittadella

Le porte della città normanna di cui ancora oggi è possibile rilevare l'ubicazione sono le seguenti:
1. la *Porta di Via Campis* detta anche *Porta del Guardiano*;

Ponte di Faidda, opera architettonica del XIV secolo

2. la *Porta del Bajuolo*, detta anche *Porta di Baglio*, attigua al Palazzo Comunale ([14]);
3. la *Porta di San Nicolò*, probabilmente la stessa oggi esistente sotto il campanile della *Chiesa di San Nicolò a Scalforio*. Potrebbe trattarsi della stessa Porta di cui scrive il Malaterra a proposito del giovane Giordano, figlio del Conte Ruggero, il cui cadavere fu portato a Troina ([15]);
4. la *Porta di Ram* (dall'arabo *Fontana*) ubicata nella estremità ovest della cinta muraria della Cittadella normanna.

La letteratura storico-artistica di Troina fa anche riferimento ad una porta detta *Velia* o *Vulia* il cui sito è oggi occupato dal tessuto urbano nei pressi della *Chiesa del SS. Salvatore*.

Di una porta detta *Cazzanite* non si ha alcuna memoria, così come nessuna traccia esiste dell'antica *Porta del Paradiso* che doveva essere vicinissima alla Cattedrale.

La *Porta della Via Urbano II*, sotto la torre campanaria della Cattedrale, in origine doveva avere ben altra funzione.

Essa infatti era parte strutturale e funzionale del complesso architettonico della Cattedrale normanna e certamente non immetteva, come oggi, in un percorso viario pubblico.

Una postierla doveva sorgere invece nei pressi dell'attuale strada pubblica della *Posterna*, nel versante meridionale dell'abitato, *extra moenia*, sotto le antiche fortificazioni normanne.

Centro storico, tipologie delle finestrelle al piano terra

NOTE

(1) F. Bonanno, *Memorie storiche della città di Troina*, Catania 1789, pag. 21.

(2) C. G. Canale, *Engyon, ricerche di topografia antica nell'interno della Sicilia*, Catania 1955.

(3) F. Bonanno, *Op. cit.*, pag. 14, nota 25.

(4) O. N. Longo, *Un Manoscritto inedito di Frate Antonino da Troina*, Catania 1901, pag. 32.

(5) O. N. Longo, *Op. cit.*, pag. 32.

(6) *Io infrascritto qual superiore del Ven. Convento di Sant'Agostino di questa Vetustis. e Fidelis. Città di Troina faccio piena, è certa fede a tutti, e singoli ai quali spetta veder la presente, qualmente nell'antica Chiesa del sud. Ven. Convento sotto titolo di S. Pietro e Paolo sopra la porta maggiore, che guarda l'occidente vi si ritrova una lapide, nella quale vi sono scritte le seguenti parole*: Edificata anno Domini 170. Reintegrata 1670 expensis R. P. M. fulgentii Troinensis. *Onde in fede del vero ho fatto la presente firmata di mio proprio pugno oggi in Traina li 20 gennaro 1787 P. Giuseppe di Benedetto Superiore* (dalla raccolta di diplomi e altri documenti di Francesco Bonanno, in *Memorie storiche della Città di Troina*, Catania 1789, doc. n. XXVI Exemplum lapidis in Ecclesia S. Petri Troine.).
Sempre F. Bonanno a pag. 41, op. cit., aggiunge: *"...Un'antica lapide, che trovasi nella Chiesa de' PP. Agostiniani di essa Città, dalla quale rilevasi, che la Chiesa sudetta fu fabbricata nel secondo secolo cristiano cioè nell'anno 170 che si venera con il priniero titolo di S. Pietro come lo dimostra la struttura della porta maggiore di essa Chiesa, ed un residuo d'antica fabbrica nella Sagristia, come un frammento di pittura, che ne fa ravvisare la grande antichità"*.
Nel ricordo dell'antica chiesa dedicata a San Pietro va forse orientata la lettura degli elementi figurativi e compositivi del Bacolo tardo gotico custodito nel tesoro della Cattedrale di Troina. Il Vescovo, modellato nel Bacolo, è infatti inginocchiato davanti alla figura del capo degli apostoli che lo benedice, per l'appunto San Pietro.

(7) Vito Amico, *Dizionario Topografico della Sicilia*, tradotto dal latino ed aggiornato con note da Gioacchino Di Marzo, Palermo 1856, pg. 632.

(8) V. Squillaci, *Chiese e Conventi, memorie storiche e folkloristiche della Città di Troina*, ms. 1965, Catania 1972, pp. 53 e 54.

(9) V. Amico, *Op. cit.*, Vol. II, pag. 632.

(10) V. Amico, *Op. cit.*, Vol. II, pg. 632. Il *foro cui sta presso* riferito dall'Amico, modernamente chiamato *Piazza*, era in effetti l'antico *Foro* della città greco-romana. V. Squillaci, *Op. cit.*, a pag. 51 annota: *"... nell'ottobre del 1957, durante la demolizione della vicina casa Sollima, fu rinvenuto un concio di arenaria locale di circa 40 x 25 cm con su scolpite alcune figure muliebri discretamente conservate in costumi romani o greci. Evidentemente questo concio da me recuperato e conservato doveva fare parte di qualche fascione ornamentale dell'antico Foro. Oggi è conservato nell'Istituto di Archeologia di Catania"*.

(11)   F. Bonanno, *Op. cit.*, doc. n.1, pag. 69.

(12)   F. Bonanno, *Op. cit.*, pag. 39.

(13)   Rocco Pirro, *Sicilia Sacra, disquisitionibus et notitiis illustrata*, terza edizione emendata a cura di Antonino Mongitore, con aggiunte di Vito Maria Amico, Palermo 1733, notizia IX, Libro IV, pag.1020.

(14)   Di fronte alla *Porta di Baglio*, nel paramento murario degli edifici di Via Conte Ruggero, i pochi elementi basamentali di una parasta d'angolo, realizzata in arenaria giallina, rivelano nei decori quel gusto architettonico tardo rinascimentale che nel secolo XVI doveva caratterizzare i palazzi delle famiglie notabili di Troina.

(15)   Goffredo Malaterra, *De Rebus Gestis*, Milano 1724, ristampa del 1928 a cura di E. Pontieri, Libro IV°, Cap. XVIII, pag. 98: "... *Comes itaque, funus decenter ordinans, Traynam corpus, ad porticum sancti Nicolai, solemniter humandum deducit...* ".

CAPITOLO 8

**EMERGENZE ARTISTICHE
E ARCHITETTONICHE
DALL'ETÀ RINASCIMENTALE
AL NOVECENTO**

Monastero e Chiesa di San Giorgio

La Chiesa di San Giorgio, affiancata al Campanile della Cattedrale, faceva parte del Monastero delle Benedettine di San Giorgio, ora demolito. La Chiesa era la Cappella del Monastero.

L'area in cui insisteva l'istituto è stata trasformata nell'attuale Piazza Conte Ruggero e in un complesso di uffici comunali facenti parte del cosiddetto *Quarto di Donna Laura*.

Fino a poco tempo fa nel muro sud del monastero esistevano tre archi ogivali che sostenevano una loggia. Ora sono stati abbattuti per fare posto ad un cinema e ad un'agenzia bancaria ([1]). I lavori di demolizione sono stati eseguiti nel 1949, in questa stessa data fu rimosso il leone normanno (sec. XII) in pietra calcarea bianca oggi conservato al piano terra del Palazzo Municipale. L'importante scultura, proveniente dal complesso architettonico della Cattedrale, fu riutilizzata nel sec. XIV come concio decorativo di uno dei quattro piedritti delle tre arcate che caratterizzavano il prospetto della Chiesa di San Giorgio. Il leone, restaurato nel 1996 da Salvatore Dell'Arte, è stato depositato fino agli inizi degli anni Ottanta nei locali del Banco di Sicilia. Le sue misure sono: altezza 75 cm, lunghezza 110 cm, spessore 27 cm.

Analoghi a questa scultura sono altri due manufatti, illeggibili dal punto di vista decorativo a causa dell'erosione del tempo, murati nel prospetto della torre campanaria della Cattedrale.

Dal *Dizionario Topografico della Sicilia,* aggiornato da Gioacchino Di Marzo, si apprende che nella metà del XIV sec. al Monastero di San Giorgio fu annesso il Monastero di Santo Stefano (che era ubicato nel quartiere *Scalforio* ed aveva una Chiesa dedicata allo stesso santo) ([2]).

La tradizione riporta che prima dei normanni, nell'età bizantina, una collinetta del centro abitato era dedicata a San Giorgio e in essa sorgeva un Monastero femminile di ordine greco, forse identificabile con quello di Santo Stefano.

Da Frate Antonino da Troina ([3]) apprendiamo che la Chiesa con la sua direzione tecnica fu ingrandita agli inizi del Settecento.

L'intervento architettonico dell'età barocca era visibile nel prospetto fino agli inizi degli anni Quaranta del

Castello, lapide del Sindaco Domenico Polizzi (1809)

Castello, lapide dell'età del Re Filippo IV, 2ª metà sec. XVII.

Novecento. Poi la facciata crollò e il Comune ne avviò la ricostruzione.

L'interno è a mononavata ed è caratterizzato da quattro altari laterali dell'Ottocento, rivestiti con marmi policromi e decorati con puttini in marmo bianco della fine del Settecento.

L'altare principale, di gusto tardo barocco, è anch'esso rivestito di marmi policromi ed ha ai lati due pregevoli statue allegoriche in marmo bianco statuario.

Tra le opere di pregio la chiesa custodisce un *Crocifisso* in legno e stucco del Settecento.

Di notevole rilievo artistico è il pavimento in marmi policromi del Settecento, realizzato secondo uno schema unitario con linee curve ed avvolgenti.

Attualmente la chiesa è sottoposta a lavori di restauro.

Chiesa di San Francesco di Paola

L'edificio è posto a metà pendio, a sud del Monte di Troina. Presenta una stratificazione di fatti architettonici che vanno dal XV sec. all'Ottocento. Tra i segni più antichi si nota un portale tardo-gotico con arco ogivale.

L'interno è caratterizzato da una volta a botte, decorata con stucchi di maniera e campiture monocrome ad affresco, eseguita nella seconda metà del secolo XIX. Una iscrizione sull'arco dell'altare riporta la scritta latina: *Dirutam vetustate aedificavit fidelium pietas A.P. 1866*.

Chiesa di San Rocco

E' una chiesetta ad unica navata ubicata nella estremità orientale del quartiere *Scalforio*, su un piano roccioso. In essa ha sede la Confraternita di San Rocco fondata nel 1912 dal canonico Raffaele Canale. Nel 1955-56 è stata interamente ristrutturata a spese della Confraternita.

Questa Chiesa è da distinguere da quella che fino al 1815 esisteva nel *quartiere di S. Basilio*.

Chiese di San Rocco, di San Carlo, della SS. Trinità e di San Giovanni (*)

Di un'altra **Chiesa** dedicata a **San Rocco** dà notizia Gioacchino Di Marzo nelle sue note di aggiornamento al *Dizionario Topografico della Sicilia* di Vito Amico (Ed. del 1856, traduzione e aggiornamento con note

(*) Con questo simbolo sono indicati i monumenti non più esistenti

di Gioacchino Di Marzio, Vol. II, pg. 635). Il Di Marzio riferisce: *"... Nel quartiere di S. Basilio ruinarono, la Chiesa della SS. Trinità verso il 1770, quella di S. Carlo verso il 1790, e quella di S. Rocco nell'anno 1815"*.

Tale chiesa sorgeva all'incrocio della Strada Provinciale per Catania con la Strada Statale Termini-Taormina, nel sito attualmente occupato dal fabbricato della Società Democratica e dalla Casa Alberti.

Delle altre due chiese citate dal Di Marzio, si sa poco. Della **Chiesa di S. Carlo**, in base a quanto riferisce Vincenzo Squillaci, si sa che era ubicata nel sito poi occupato dalla casa d'abitazione di Mons. Silvestro Siciliano, Arciprete di Troina negli anni Sessanta, in via *Discesa di S. Lucia* (V. Squillaci, *Chiese e Conventi*, Catania 1965, pg. 84).

Della **Chiesa della SS. Trinità** apprendiamo una notizia da *Frate Antonino da Troina* (O. N. Longo, *Un manoscritto inedito*, Catania 1901, pag.30: *"... Si vedi tra questo spazio tra la Velia e Nome di Gesù inanti la porta della Chiesa della Santissima Trinità una grande gisterna del Castello..."*) che ci illumina circa la sua ubicazione. Apprendiamo infatti che la Chiesa agli inizi del Settecento sorgeva tra la *Porta Velia* e la *Chiesa del Nome di Gesù*, cioè nell'attuale *Discesa S. Lucia*.

V. Squillaci (*Op. cit.*), in aggiunta a quanto riportato da Frate Antonino, ebbe modo di raccogliere una notizia dal Sig. Silvestro Impellizzeri il quale gli riferì *"... che nel luogo dove è ubicata la sua casa paterna si diceva dai suoi antenati che vi fosse un'antica Chiesa, e durante i lavori eseguiti negli scantinati furono trovate sepolture di ossa umane. Detta casa corrisponde al n.27 della Via Discesa S. Lucia"*.

Sempre sulla *Discesa S. Lucia*, nella parte iniziale, esisteva anche una **Chiesa** dedicata a **S. Giovanni**. Nel suo sito sorgono oggi abitazioni private e, nella parte nord, la *Casa Di Franca*.

Chiesa di Santa Caterina

E' una piccola chiesetta a mononavata ubicata all'incrocio della cosiddetta *Purtedda di San Basiliu*, nel Quartiere *San Basilio*. Attualmente è sede della Confraternita di Sant'Antonio.

Da un calice in rame dorato del 1587, oggi conservato nella Cattedrale, si evince che la Chiesa di Santa

Castello, antico stemma della Città

Magazzino Sollima, stemma barocco con Ostensorio del Settecento

Caterina esisteva già nell'età tardo rinascimentale.
Il recente restauro ha messo in evidenza la sua muratura ad *opus incertum* inquadrata dai cantonali a conci squadrati di arenaria grigia.

Chiesa di San Matteo

Ubicata nel quartiere *San Basilio*, è una chiesetta a pianta ottagonale di piccole dimensioni. Non è caratterizzata da elementi artistici e architettonici di interesse.

Chiesa dello Spirito Santo

E' ubicata nella parte inferiore del quartiere *Borgo* ed è in pessime condizioni strutturali. Con molta probabilità rappresenta uno dei primi edifici chiesastici costruiti nel quartiere.

Chiesa di San Sebastiano

Sorge nella parte centrale del quartiere *Borgo* e le sue origini risalgono agli inizi del sec. XVII. Di essa dà notizia Vito Amico ([4]). Venne distrutta durante i bombardamenti aerei del 1943 e successivamente è stata ricostruita al fine di assolvere alle funzioni di Parrocchia suffraganea della Cattedrale.
La chiesetta, a semplice mononavata, è priva del suo arredo sacro originario. Una statua lignea di S. Sebastiano, appartenente al nostro secolo, altre statue moderne ed un piccolo ciborio ligneo barocco, rappresentano l'intero patrimonio artistico della chiesa.
Il volume architettonico, rivestito con conci squadrati di arenaria locale giallina e grigia, è caratterizzato da una moderna torretta campanaria.
Agli inizi della via Garibaldi, nelle adiacenze della chiesa, quasi di fronte alla *Giacata*, sorge il palazzetto liberty della **famiglia Saitta**, nella cui prospetto, in alto, è sistemato lo stemma della Città di Troina recuperato da una costruzione precedente.
Il nome *Giacata*, dato alla Via Marino, potrebbe derivare da Biancata attraverso le progressive deformazioni in *Jancata*, *Jacata*, *Giacata*, cioè strada dal fondo bianco, forse perché rivestita con ciottoli di pietra bianca.

Chiesa di San Vito (*)

Era una piccola chiesa ubicata alla fine di via Conte Ruggero. Fu demolita agli inizi del Novecento per fare posto alla Piazza della Libertà.

Chiesa dei Cappuccini,
Sant'Agata, *dipinto ad olio su tela del Seicento*

Chiesa Santa Maria della Valle (*)

Si ha notizia di questa chiesa nel manoscritto di Frate Antonino da Troina (⁵) il quale ricorda che era costruita sulle fondamenta di un antico *Pantheon*. Sia di questo però che della chiesa non si ha alcuna traccia.

Chiesa di San Paolo (*)

Sorgeva nella contrada *San Paolo* a circa 13 km dall'abitato, sulla rotabile che da Troina conduce a Catania. E' oggi ridotta ad un ammasso di ruderi dai quali è possibile leggere gli allineamenti murari. Si suppone che sia stata costruita ad opera della Confraternita dei Bianchi che nel sec. XVII possedeva i territori della contrada.

Chiese di San Cono e Sant'Ippolito (*)

Queste chiese sorgevano nelle contrade omonime a circa 3 km dal centro abitato, nei territori attraversati dalla strada che da Troina conduce a Randazzo. Doveva trattarsi sicuramente di piccole chiesette legate a luoghi di eremitaggio.
Mi sembra utile precisare che la chiesetta di San Ippolito non può essere identificata con la *Ecclesia S. Hyppoliti in Oppido Troinae* di cui si ha notizia nella *Sicilia Sacra* (⁶).

Chiesa di San Giuseppe (*)

Fra le chiese minori filiali, che sono più che 30, merita attenzione quella di S. Giuseppe, non lungi da S. Maria, con una torre (⁷). V. Squillaci studiando questa notizia fornita da V. Amico fa due ipotesi: a) che la Chiesa di S. Giuseppe con torre campanaria possa essere stata trasformata in quella attualmente dedicata al SS. Salvatore (⁸); b) che la stessa chiesa poteva essere *scendendo sulla sinistra poco dopo quella di S. Nicola nell'attuale casa Bonanno ora di proprietà Maccarrone Francesco al n.85 oppure nell'attigua casa Stazzone, come qualcuno pensa* (⁹).

Chiesa del SS. Salvatore

E' una chiesetta a mononavata del Settecento, con una facciata moderna caratterizzata da un portale in arenaria grigia locale. All'interno sono custoditi: un *Crocifisso* settecentesco (scultura realizzata con legno, tela e stucco) sovrapposto ad una grande tela dipinta ad olio, raffigurante la *Madonna e S. Giovanni Evange-*

Chiesa dei Cappuccini,
Santa Caterina d'Alessandria,
dipinto ad olio su tela del Seicento

*Croce della Timpa,
particolari decorativi della colonna seicentesca
proveniente dal Monastero di San Michele Arcangelo vecchio*

lista, datata 1782; due ottimi dipinti ad olio su tela degli inizi del Settecento raffiguranti il *Buon Pastore* e la *Madonna delle Rose*.

La volta, con semplici stucchi, è dell'Ottocento.

La pavimentazione, di grande pregio artistico, è realizzata con mattoni stagnati del Settecento, caratterizzati da motivi circolari dipinti con il giallo ocra, il verde ramina e il blu oltremare.

Di fronte alla Chiesa sorge un palazzo nel cui cantonale è incisa la data di inizio dei lavori di costruzione, il 1757.

Chiesa di Santa Lucia

Il culto di Santa Lucia a Troina è antichissimo, si sa infatti che, prima ancora della costruzione della Cattedrale normanna, nel suo sito, esisteva una *chiesetta* dedicata alla Vergine siracusana.

La memoria storica di tale *chiesetta* non fu cancellata poiché il culto di Santa Lucia fu mantenuto nella *Cappella* della cripta che, com'è noto, fu dedicata alla Santa della luce fino al sec. XVI.

Quando la *Cappella* nel sec. XVI fu concessa all'Arciconfraternita dei Bianchi, venne consacrata al SS. Sacramento. Fu allora, probabilmente, che il culto di Santa Lucia fu trasferito nella piccola costruzione chiesastica a mononavata, ubicata nel settore occidentale della Cittadella normanna.

La Chiesa non è di grande interesse artistico ma, nella sua fabbrica muraria, all'esterno, grazie ai recenti restauri, è possibile leggere alcuni brani di storia urbana. Un concio figurato con un angioletto, un concio decorato in stile rinascimentale, dal lato della Via Cristo Risorto, lasciano comprendere come nella muratura ad *opus incertum* siano stati incastrati nel tempo elementi scultorei e architettonici di varia provenienza.

Il muro meridionale della Chiesa è un chiaro frammento della cinta muraria normanna, caratterizzata da strutture a scarpa e da allineamenti basamentali realizzati con grossi blocchi squadrati, in parte provenienti dalla fortificazione ellenistica.

Murature analoghe si notano in tutto il quartiere e in particolar modo nella *Discesa Santa Lucia* e nella *Discesa delle Stelle*.

In quest'ultimo tratto viario, al n. 5, si nota come i corpi di fabbrica successivi si sono addossati alle murature *a scarpa* del fortilizio ruggeriano.

Chiesa del Nome di Gesù

La Porta di Ramo era nei dipressi dell'attuale Chiesa del Nome di Gesù ([10]), *nell'estremità ovest dell'antico castello. Si suppone che esisteva già nel periodo normanno e che ancor prima era dedicata a San Basilio.*
I ruderi che tuttora si vedono non devono appartenere alla primitiva costruzione: le strutture, le scorniciature e qualche avanzo di decorazione in stucco sono rinascimentali ([11]).
Sul muro posteriore si vede murato un arco ogivale, unico avanzo dell'antica costruzione medievale.

Casa di San Giovanni di Dio e Chiesa di Sant'Andrea Apostolo (*)

La Casa di San Giovanni di Dio fu fondata dai Padri Ospedalieri che la adibirono ad infermeria per i poveri. Aveva annessa una piccola chiesa, dedicata a Sant'Andrea apostolo, non più esistente perché distrutta durante i bombardamenti aerei del 1943.
Dell'antica casa, ubicata sulla via Papa Urbano II, a ridosso delle fortificazioni ellenistiche, si conserva ancora uno dei portali d'ingresso, realizzato in arenaria grigia locale alla fine del sec. XVI.
Sull'area occupata dall'antico complesso architettonico, dagli anni della distruzione bellica ad oggi non è stato effettuato alcun intervento di risanamento.
Il frammento di **muro ellenistico**, un tempo inglobato nella struttura dell'ospedale, è oggi in buona evidenza, grazie ad un corretto restauro conservativo. Nello spessore murario è possibile leggere: le fondamenta ottenute intagliando la viva roccia; il muro del IV-III sec. a.C. realizzato con grandi blocchi di arenaria grigia; le opere di consolidamento a scarpa effettuate, con conci squadrati, nell'età medievale.

Chiesa e Convento dei PP. Cappuccini Vecchi

Sorgeva nella contrada *Cappuccini Vecchi,* precedentemente denominata contrada *Balduccio* o *Alcharae,* a circa 3 km di distanza dall'abitato, lungo la strada che conduce a Catania. Delle antiche strutture restano solo poche tracce inglobate in un edificio rurale.
La sua fondazione risale al 1540 ([12]) e corrisponde alla creazione del sesto convento, in ordine di tempo, fondato dai PP. Cappuccini in Sicilia ([13]). Della esistenza del convento nel sec. XVI si ha notizia in un atto del Notaio Barone da Troina così come riferisce Vincenzo

Quartiere Scalforio, cancello in ferro battuto dell'età liberty

Convento dei PP. Cappuccini,
Ecce Homo, dipinto ad olio su tavola
degli inizi del Cinquecento

Squillaci: "*... in data 28 settembre 1579... l'Abbate di S. Elia concede in enfiteusi la terra ove sorgeva il Convento dei PP. Cappuccini ad un certo Carlo de Ferraro*" ([14]).

I frati gestivano un'infermeria dentro le mura, dapprima a *Scalforio*, poi sopra il fondaco della *Porta di Baglio,* tra la *casa Bassano e l'attuale palazzo del Comune. Essa serviva anche come locale per la scuola di grammatica. Negli anni 1644 - 47 la casa Bassano ed altro locale attiguo furono comprati dal Barone Don Silvestro Stazzone ... per farne il proprio palazzo di abitazione* ([15]).

Chiesa e Convento dei PP. Cappuccini Nuovi

Nel 1610 i PP. Cappuccini comprarono, da un certo Giacomo Ferraro, il terreno su cui sorge attualmente il convento. Ciò forse perché problemi di sicurezza e di praticità consigliarono ai frati di costruire il proprio cenobio più vicino al centro abitato.

La benedizione del sito e la messa in opera della prima pietra del nuovo convento avvennero il 23 dicembre del 1611, alla presenza di Mons. Vincenzo Napoli, troinese, Vescovo di Patti.

Della progressiva crescita del convento dà puntigliosa notizia Vincenzo Squillaci: "*... nel 1640 furono aggiunte altre tre celle con corridoio a piano terra; nel 1681 altre nove celle attigue alla chiesa vecchia con il vano sopra la porta d'ingresso. La grande sepoltura fu completata nel 1690. Nel 1702 si iniziò un nuovo corridoio con stanze, refettorio ed un grande deposito di acqua. Il corpo di fabbricato che si slancia verso mezzogiorno fu ultimato nel 1719*" ([16]).

La sistemazione definitiva avvenne grazie all'interessamento e all'impegno economico di P. Giacinto La Greca, segretario e cronista del Card. Guglielmo Massaja (1809-1886), alla fine dell'Ottocento.

Gli ultimi interventi architettonici sono stati attuati dopo i bombardamenti del 1943 che causarono gravi danni a tutto il complesso.

La chiesa, del sec. XIX, ha un prospetto diviso in due ordini architettonici caratterizzati da cornicioni e paraste di ordine dorico. Gli elementi architettonici sono realizzati con conci squadrati di tufo giallino locale. L'interno, ad unica navata, come è consuetudine nelle comunità dei Cappuccini, ha altari lignei. L'altare principale, di stile barocco, incornicia il dipinto ad olio su tela della *Madonna degli Angeli*. L'opera è stata raccorciata nella parte bassa per essere adattata alla cornice. Infatti ciò causa la difficile interpretazione della firma dell'autore di cui si riesce a leggere solo *SALVATORE BELL ... O PIUS 16 ...* ([17]). Il dipinto raffigura la Madonna in gloria attorniata da angeli; in basso, ai lati della scena, sono raffigurati S. Francesco d'Assisi e S. Chiara.

L'altare è impreziosito da una custodia lignea del Settecento realizzata secondo uno stile caro ai Cappuccini nell'età barocca. Nella sua articolazione architettonica, la custodia è caratterizzata da cinque nicchiette nelle quali sono inserite altrettante statuette lignee. Nella nicchietta centrale c'è un piccolo simulacro dell'Immacolata, in quelle del lato sinistro figurano in alto S. Francesco d'Assisi e in basso S. Pietro, in quelle del lato destro ci sono le statuette di S. Antonio col Bambin Gesù in alto e di S. Paolo in basso.

I due altari del lato destro, nelle cornici lignee, accolgono due dipinti novecenteschi di buona fattura, realizzati ad olio su tela da G. Cei, trattasi di *S. Silvestro* con i frati basiliani ([18]) e della *Madonna in Trono* tra Santi.

Sul lato sinistro, nei due altari antichi, figurano: una *Crocifissione* con Crocifisso ligneo del Settecento e la Madonna e S. Giovanni dipinti ad olio su tela del Novecento; la *Madonna col Bambino*, tra S. Giuseppe e Santi, olio su tela del Settecento.

Nella chiesa sono ancora da menzionare una grande statua del *Cuore di Gesù* sul lato sinistro, un pregevole dipinto dell'età barocca sul lato destro ([19]), e un consistente numero di opere d'arte, di varie epoche e di varia provenienza, raccolte nella sagrestia, nel museo e nella biblioteca del convento ([20]).

Di notevole pregio è un dipinto ad olio su tavola raffigurante l'*Ecce Homo*. L'opera è assegnabile agli inizi del Cinquecento e misura cm 50 x 40 circa. La tavoletta nella parte retrostante non ha tracce di pittura e presenta ai margini la tipica smussatura per l'incastro. Potrebbe trattarsi di un pannello appartenente ad un polittico smembrato o della icona di uno stendardo processionale, ora privo degli elementi di sostegno e di incorniciamento. Tavole rinascimentali analoghe a questa, utilizzate come icone per stendardi, sono conservate nel Duomo di San Nicola a Sassari e nella Chiesa di Nostra Signora del Regno ad Ardara; trattasi rispettivamente di opere di Giovanni Muru e del Maestro di

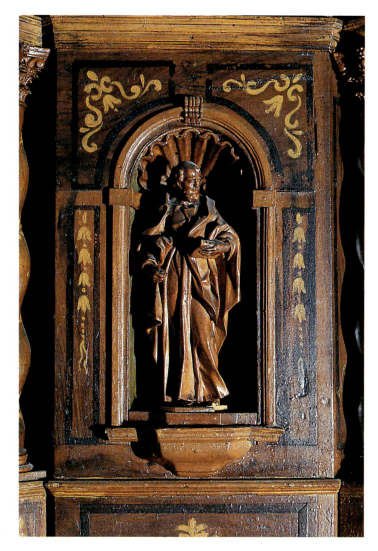

*Convento dei PP. Cappuccini,
particolare della custodia lignea del Settecento*

Chiesa dei Cappuccini, dipinto ad olio su tela della Adorazione del Crocifisso, *1750 circa*

*Chiesa di
Sant'Agostino,
fercolo d'argento di
San Silvestro, 1736*

Ardara. Nel verso presentano la *Madonna col Bambino*, nel recto compare l'*Ecce Homo*.
Altre opere di valenza storico - artistica custodite dalla Comunità dei PP. Cappuccini sono:
- La *Bambinella* in cera conservata nella nicchia a sinistra dell'ingresso. E' una pregevole scultura del Settecento con abitino bianco, tessuto in filigrana e perle.
- La statua lignea dell'*Immacolata*. Pregevole scultura del Settecento realizzata con elementi lignei e mistura di tela e stucco.

Chiesa di San Cataldo extra moenia (*)

Sorgeva sulla via Regia che conduceva a Randazzo, lungo il fiume Troina, verso nord-est, a pochi chilometri dall'abitato. *Era già in rovina nella prima metà del sec. XVII* ([21]).

Abbazia di Santa Chiara (*)

Sorgeva *"... sulla via conte Ruggero, quasi dirimpetto allo attuale serbatoio dell'acqua potabile. Apparteneva all'ordine delle Clarisse e non era di vaste proporzioni. Non ne esistono più tracce essendo stata all'inizio di questo secolo trasformata in privata abitazione... Uno scudo settecentesco in pietra scolpita col simbolo dell'ordine si conserva ancora nell'orto della Casa Pratofiorito assieme a qualche frammento decorativo"* ([22]).
Un monumentale altare barocco in marmi policromi proveniente da questa chiesa è stato ricomposto nella cappella del SS. Sacramento della Cattedrale.
Nell'area dell'antica Abbazia sorge oggi l'*Oasi Maria SS.* Di fronte all'Oasi è il *Palazzo Squillaci*, interessante esempio di abitazione civile del Settecento. Di notevole pregio artistico sono gli intagli decorativi barocchi del portale e dei balconi. L'edificio è stato restaurato recentemente.

Abbazia di Santa Maria degli Angeli (*)

E' citata, unitamente all'*Abbazia di Santa Chiara*, da Vito Amico: *"... Quel di S. Chiara nella parte opposta verso occidente, ed il terzo di S. Maria degli Angeli, entrambi sotto gl'istituti di S. Francesco, sono divisi da una via frapposta, e serbano esattissima norma della vita monastica"* ([23]).
L'Abbazia è stata demolita negli anni Quaranta e in sua

Chiesa del Carmine, campanile della fine del Cinquecento

sostituzione è stato fabbricato un edificio scolastico.
" Il bell'altare barocco, in marmi policromi e sculture, della sua Chiesa ha sostituito il vecchio Altare Maggiore della Chiesa Madre" ([24]).

Chiesa e Convento dei PP. Conventuali di San Francesco

Il complesso architettonico dei PP. Conventuali di San Francesco sorge all'interno del perimetro dell'antica Cittadella normanna. La chiesetta è caratterizzata da un prospetto a conci squadrati di arenaria grigia. I materiali lapidei, a causa del degrado naturale, lasciano intravedere a malapena il carattere barocco del prospetto. Sull'architrave del portale d'ingresso si leggono i frammenti di una scritta non più decifrabile:

STRAM   ATVSPRO

La torre campanaria, alquanto tozza, ha nella parte basamentale il carattere tipico dei paramenti murari della città medievale. Per tale ragione, potrebbe essere il residuo strutturale di un'opera di fortificazione.
Nel prospetto laterale, che si proietta nella *Discesa degli Angeli* si notano imponenti contrafforti e sovrastrutture, tutti segni che documentano la stratificazione degli interventi sull'edificio chiesastico quattrocentesco. Un concio decorato con i simboli francescani e il motto *Caritas Populi*, incastonato nella parte alta della muratura, ricorda l'ordine religioso a cui apparteneva la Chiesa.
Le strutture murarie, su cui poggia l'abside a sezione trapezoidale, viste dal lato sud rivelano l'esistenza di un antico torrione poggiato direttamente sulla viva roccia e allineato sul perimetro della cinta fortificata della Cittadella normanna. La parte basamentale, realizzata col sistema tipico delle murature bastionate, è costituita da grossi blocchi squadrati, in parte provenienti dalla fortezza ellenistica.
Da Vito Amico ([25]) si apprende che il Convento fu fondato nel 1470. Da Vincenzo Squillaci apprendiamo invece che il Convento nel 1535 ospitò l'Imperatore Carlo V ([26]).
La Chiesa, oggi dedicata all'Immacolata, è a mononavata ed è caratterizzata dalla presenza di stucchi neoclassici che possono farsi risalire alla ristrutturazione effettuata nell'Ottocento.

Chiesa del Carmine, sagrestia, capitello tardo rinascimentale in pietra arenaria locale

L'altare maggiore, ottocentesco, nel primo ordine è rivestito con marmi policromi; nel secondo ordine è invece realizzato con un rivestimento pittorico a finto marmo.

L'arco absidale, nella parte superiore, è chiuso da un trionfo di stucchi ottocenteschi in cui in una raggiera di angeli compare l'*Agnus Dei* sul *Libro dei Sette Sigilli*.

Discreto è l'arredo sacro costituito da statue del Settecento ([27]) e dell'Ottocento, da due confessionili in legno intagliato e da una imponente cattedra lignea dell'Ottocento ([28]).

Del complesso conventuale originario resta ben poco poiché in parte è stato trasformato nell'Istituto Educativo *Napoli Bracconeri*. Nei restanti locali sono oggi ospitati uffici pubblici e la Biblioteca Comunale ([29]).

Chiesa e Convento del Carmine

"...Al di fuori, alle radici australi del paese, è l'ampio ed antico Convento de' Carmelitani, con la Chiesa della B. Vergine Annunziata, fornita di campanile" ([30]), così Vito Amico annota in relazione alla Chiesa di Santa Maria Annunziata che nella prima metà del Cinquecento fu concessa ai Padri Carmelitani.

La Chiesa sorgeva *extra moenia* e i Padri vi affiancarono un ampio Convento, caratterizzato dalla struttura di un chiostro quadrangolare per il quale furono utilizzati, in buona parte, materiali lapidei provenienti dalla vicina fortificazione ellenistica.

Il rimaneggiamento della Chiesa, la costruzione del campanile ([31]) e la creazione del Convento avvennero nella seconda metà del Cinquecento.

La Chiesa fu ristrutturata realizzando un impianto basilicale a tre navate. I colonnati, con archi a tutto sesto e capitelli di semplice fattura, furono costruiti con colonne monolitiche in arenaria grigia locale.

La copertura, ottenuta con imponenti capriate, fu chiusa da un tavolato strutturato a cassettoni e decorato con motivi ornamentali di gusto tardo rinascimentale in cui già si annunziano i primi caratteri stilistici del barocco ([32]).

Nel 1866 ([33]) i Frati Carmelitani furono espulsi dal Convento che così passò al demanio statale. Sono questi gli anni in cui, in seguito alla variazione della destinazione d'uso, il complesso monastico conobbe disastrose opere di trasformazione.

Gli spazi architettonici del Convento furono ridisegnati

Chiesa di Sant'Agostino,
Urna Reliquiaria di San Silvestro,
opera dell'argentiere messinese Filippo Vento (1714)

*Particolare del punzone dell'*Urna Reliquiaria

e persino il prospetto, con tamponature e *rasature* strutturali ([34]), fu privato dei suoi equilibri compositivi originari.

La Chiesa fu accorciata e abbassata nelle forme attuali, ciò comportò la eliminazione visiva delle capriate, nascoste oltre la volta a botte, e dell'imponente altare barocco, ancora oggi esistente ([35]). Il Convento nel 1945 fu ceduto alle Suore Terziarie Cappuccine del Sacro Cuore, per ospitare un Orfanotrofio.

Del Novecento sono la chiusura dell'ingresso principale e l'eliminazione del sagrato del prospetto, a causa della edificazione di un gruppo, discutibile, di case civili.

La Chiesa è stata elevata a Parrocchia con il titolo di *Santa Maria del Carmine* il 24 aprile del 1949 ([36]).

Tra le opere di maggior pregio, custodite nello spazio chiesastico, vanno ricordate:

1. La *Madonna col Bambino*, scultura in marmo bianco statuario della prima metà del Cinquecento, riferibile alla scuola dei Gagini. Nel piedistallo instoriato si notano al centro il bassorilievo dell'*Adorazione del Bambino* e ai lati i bassorilievi di *Santa Caterina d'Alessandria* (lato sinistro) e di *Sant'Agata* (lato destro).

2. La *Madonna del Carmelo*, dipinto ad olio su tela del primo quarto del Seicento, recentemente restaurato. Nella sagrestia si nota un imponente capitello tardo rinascimentale in arenaria grigia locale. L'elemento architettonico e decorativo, riferibile alla struttura dell'antico Convento dei Carmelitani, è stato riutilizzato, con un rocco di colonna, sotto un arco di scarico.

Fercolo di San Silvestro

Il *Fercolo di San Silvestro* è uno dei maggiori capolavori della scultura in argento della Sicilia del Settecento. Paragonabile per dimensioni e qualità artistica ai fercoli e alle casse argentee delle maggiori città siciliane, ha la forma di un tempietto barocco, con archetti trilobati e colonnine tortili.

L'impianto della struttura è rettangolare e su ognuno dei lati gli argentieri hanno riprodotto i momenti più noti e significativi della vita del Santo.

Sul fronte principale, al centro del fregio decorativo, in basso, in un medaglione ovale è riprodotta la scena di *San Silvestro che porta sulle spalle Gesù*, così come vuole la tradizione : *"... alle porte del castello trova un*

Chiesa di Sant'Agostino, fercolo di San Silvestro, medaglione del Miracolo del Povero, *punzone del consolato di Catania*

Chiesa di Sant'Agostino, fercolo di San Silvestro, punzone del consolato di Palermo (1736)

povero vecchio, macilento e coperto di cenci, che gli chiede l'obolo della carità. Silvestro nulla possiede, per quella santa povertà che fedelmente aveva sposato, emettendo i voti religiosi; ma riflette che il cenobio è anche la residenza dei poveri, e che lì avrebbe potuto sollevare il meschinello, estenuato dal lungo digiuno. Il povero vecchietto però mal può reggersi in gambe; e allora Silvestro risolve di prenderlo sulle sue spalle, e si avvia al ritorno... Mentre il Santo alfine raggiunta la soglia, depone nella porteria il mendico, e si affretta ad invocare il soccorso dal suo Superiore, il quale era già sceso per muovergli incontro. Ma qual fu la loro meraviglia quando videro il vecchio sparito senza lasciare di sé alcuna traccia? Era una prova che Gesù, sotto le spoglie del mendico, aveva chiesto alla carità del suo servo, per esaltarne la virtù" ([37]).

Sulle colonnine in alto sono inseriti gli stemmi della famiglia *Di Napoli* e dei nobili *Polizzi*, marchesi di Sorrentini, che contribuirono alle spese relative alla realizzazione del fercolo.

Sul fronte sinistro, incisa sul fregio in alto, è l'iscrizione dei committenti:

SVMPTIBUS QUAR.^{RY} SCALFORY EX DEV.^{NE}
IVRATOS IN ANNO 14 INDITIONE 1736

Sullo stesso lato, al centro del fregio, in basso, in un altro medaglione ovale, gli argentieri hanno sbalzato la scena relativa al miracolo del forno: "... *Un giorno vede in grande costernazione il converso, incaricato per la cottura del pane. Tutto era pronto perché i pani fossero introdotti nel forno, il quale aveva ormai raggiunto il necessario calore; i tizzi erano stati estratti fumanti, ma il suolo rimaneva coperto dalle braci e dalle ceneri avanzate dalla combustione. Mancava la scopa per la pulitura, ed il povero converso va nelle smanie, perché gli è impossibile rintracciarla. Silvestro, presente alla scena, vuol sollevare dalle angustie il fratello, e come mosso da impulso divino, si accinge ad entrare nel forno, che senz'altro comincia a pulire col lembo della sua tunica.*

Il fornaio ne rimane esterrefatto, e corre ad avvertirne l'Abate... ed ecco aprirsi al loro sguardo ammirato uno strepitoso prodigio. Silvestro raggiante di luce, sereno e giulivo usciva dal forno, che aveva interamente puli-

Chiesa di Sant'Agostino, fercolo di San Silvestro (1736)

to, senza portare segni d'imbrattatura nel suo abito santo" ([38]).

Sul alto destro, al centro del fregio, in basso, in un medaglione ovale è sbalzata la scena relativa alle *Guarigioni miracolose* attribuite a San Silvestro in occasione della peste del 1575.

Sul fronte posteriore è incisa in alto la scritta:

ELÆMOSINIS D'ANTONINI STAZZONE 1736.

Della famiglia *Stazzone*, che contribuì alla realizzazione del fercolo, è riprodotto anche lo stemma, collocato sulla colonnina sinistra, guardando frontalmente il retro. Sulla colonnina destra è un altro stemma con lo scudo libero da elementi di identificazione ([39]).

Al centro del fregio, in basso, in un quarto medaglione ovale, analogo per dimensioni e forma ai precedenti, gli argentieri hanno realizzato a sbalzo il miracolo del figlio di Guglielmo II : *"... Non tardò il Re allora a permettere perché Silvestro si apprestasse al letto dell'augusto bambino. Giaceva costui sul letto del dolore, quasi assopito come in un sonno di morte, col respiro affannoso, in un abbattimento letale e coi segni di una imminente catastrofe sul viso... Silvestro nel nome di Dio, fa un segno di croce sul fanciullo, e istantaneamente lo restituisce alla vita ed all'affetto dei desolati genitori"* ([40]).

Sopra il fercolo un motivo decorativo barocco si annoda a corona e regge angeli festosi e un pannello, modellato con morbide curve, su cui è sbalzato per ben due volte lo stemma della municipalità troinese.

Il tettuccio, all'interno, è interamente rivestito con lamine d'argento sbalzate con un semplice ma efficace disegno a losanghe. La sua funzione si comprende bene durante la processione, quando attraverso le luci della festa il fercolo si colora di riflessi che danno ritmo, anima, a tutta l'architettura del tempietto.

Tutta la scultura è addobbata con festoni, foglie e decori vari realizzati in argento o in rame dorato. In merito all'autore del fercolo, non sono ancora venuti alla luce documenti illuminanti. Si possono pertanto formulare solo caute ipotesi, tenendo conto dei punzoni degli argentieri e delle marchiature dei consolati delle città in cui furono sbalzate le lamine.

Maria Accascina, avendo notato il punzone della *Città di Messina* nelle lamine del fercolo e quelle della *Città*

Chiesa di Sant'Agostino, fercolo di San Silvestro (1736)

Chiesa di Sant'Agostino, fercolo di San Silvestro (1736), particolare

di Catania nei medaglioni con bassorilievi, scrive: "... *Altri maestri dovettero partecipare ad opere importanti, ad esempio, al ferculo d'argento che serviva per il trasporto delle reliquie di San Silvestro. Vi si alternano marchi con lo stemma di Messina e anche marchi con lo stemma di Catania. Quest'ultimo si trova con frequenza in alcuni medaglioni ellittici che ornano la base del ferculo con rilievi a forte sbalzo che rappresentano i miracoli del Santo. In uno di questi, ad esempio, viene rappresentato il ferculo stesso con le sue colonnine tortili e gli angioletti sulle cornici, portato in processione tra la folla gemente e urlante*" ([41]).

Da un attento esame dei punzoni, effettuato subito dopo la pulitura del 1998, abbiamo rilevato che:

1. sul fronte principale del fercolo, nella parte alta è inciso il punzone FIC *Città di Messina* 1724; sulla colonna sinistra è inciso FLV RP; nel basamento il medaglione del *Miracolo del povero* ha il punzone 03GS della *Città di Catania*; le lamine decorative hanno a sinistra il punzone GDC *Città di Messina* SF90, a destra il punzone DGRI *Città di Palermo* (volo alto) TB91.

2. sul fronte sinistro compare in alto il punzone GGR36 del Console Giuseppe Gismondo Rosso e accanto quello della *Città di Palermo* (volo alto) con sotto le iniziali RVP (*Regia Urbs Panormi*); sulle colonne è invece inciso il punzone PFC *Città di Messina* FLV; il medaglione con il *Miracolo del forno* ha il punzone 03GS *Città di Catania*.

3. sul fronte destro compare in alto il punzone BB; nelle colonne è inciso invece il punzone AFC 1716 di Antonio Frassica Console, poi quello della *Città di Messina* e quindi la sigla FLV dell'argentiere Filippo Vento (autore dell'urna reliquiaria troinese eseguita nel 1714); il tondo con il *Miracolo della peste del 1575* ha il punzone 03GS *Città di Catania*.

4. sul retro in alto è inciso il punzone della *Città di Messina* FIO; in uno dei capitelli si nota invece il punzone 1724 *Città di Messina*; il medaglione con il *Miracolo del figlio di Guglielmo* ha la sigla 03GS *Città di Catania*.

Verosimilmente il *tempietto* d'argento fu realizzato, tra il 1722 e il 1736, in due fasi contemporanee, impegnando argentieri della città peloritana e di quella etnea:

a) nella *Città di Messina* furono sbalzate ed incise le lamine d'argento e di rame dorato, così come attestano i punzoni del Consolato della città fortissima. Le lamine d'argento sbalzato con i punzoni più antichi, recanti la data 1716, furono forse eseguite come prova compositiva e decorativa da mostrare ai committenti della Città di Troina, alcuni anni prima dell'Indizione e quindi prima dell'incarico ufficiale per la esecuzione del fercolo conferito nel 1722.

L'analisi dei punzoni consente di poter dire che l'argentiere messinese Filippo Vento, lo stesso autore dell'urna reliquiaria firmata e datata FLV 1714, qualche anno dopo, e cioè nel 1716, fu invitato a mostrare alcune lamine sbalzate per un eventuale fercolo. La prova fu sicuramente superata, tant'è che quei provini (due rivestimenti in lamina d'argento per le due colonne centrali del lato destro del fercolo), confluirono nell'elaborato definitivo compiuto con varie collaborazioni nel XIV anno dell'Indizione, nel 1736.

b) nella *Città di Catania* furono invece eseguiti i quattro medaglioni con i bassorilievi dei miracoli del Santo, veri capolavori dell'arte barocca per la loro forte carica espressiva e per la perizia tecnica del modellato.

I punzoni etnei danno spazio ad una ipotesi che trova fondamento nel forte rapporto spirituale esistente fra San Silvestro e Sant'Agata e fra San Silvestro e i catanesi. I medaglioni furono forse finanziati dai devoti agatini, anche in ricordo del miracolo compiuto dal Santo, intorno al 1485, quando il Simulacro modellato da Giovanni Tifano da Messina, via mare, arrivò nel porto di Catania "... *La tradizione riferisce che, quando sopra una nave era trasportato il simulacro del Santo, fatto scolpire dai cittadini, mentre stava per giungere nel Porto di Catania, un povero cieco riacquistò istantaneamente la vista, gridando pieno di giubilo che in quella nave si trovava la statua di S. Silvestro di Troina. I Catanesi, presenti al prodigio, accolsero con somma letizia la statua, che fu venerata poi da tutti i cittadini*" ([42]).

c) i pochi punzoni della *Città di Palermo* possono invece documentare successivi interventi di restauro con la sostituzione di lamine sbalzate.

Simulacro e Cattedra di San Silvestro

Il *Simulacro di San Silvestro*, realizzato con tela e stuc-

Chiesa di Sant'Agostino, fercolo di San Silvestro (1736), particolare

Fercolo di San Silvestro (1736), il Miracolo della Peste del 1575

Fercolo di San Silvestro (1736), il Miracolo del Povero

co, è opera degli scultori messinesi *Giovanni* e *Jacopo Tifano* detti anche *de li Matinati* ([43]). La scultura è del 1484-85 ed è collocata in una nicchia, nella Cappella in fondo alla navata sinistra della Cattedrale. Le sue misure sono: altezza 150 cm circa, larghezza massima 80 cm. In ampie parti ha ancora le dorature e i colori originari.

La cattedra del Santo, realizzata in legno, è interamente rivestita con lamine d'argento finemente sbalzate in stile barocco. Un particolare curioso è rappresentato dal fatto che nel tempo alcuni devoti, per grazia ricevuta o per elargizione di offerte, hanno fatto incidere i propri nomi sulle lamine d'argento.

Il Simulacro ha subito un furto negli anni Ottanta; in quella occasione andarono perduti l'aureola, il colletto e il Crocifisso che sono stati rifatti nel 1987, imitando quelli antichi.

Nemmeno il libro che San Silvestro regge con la mano sinistra è quello originario, si tratta infatti di una copia dell'*Appendix Divinum Officium* stampata presso la Tip. Francesco Natale di Palermo nel 1846. La copertina, siglata con le iniziali *S.S.* (San Silvestro), è realizzata con elementi decorativi d'argento in stile tardo barocco.

Appartiene al *Tesoro di San Silvestro* un piccolo paramento in velluto scuro, di 70 x 60 cm circa, che viene disposto davanti alle gambe del Simulacro durante le processioni. Nelle campiture, lasciate libere da un decoro tardo barocco disegnato da coralli e perle, sono inseriti numerosi oggetti d'oro (anelli, collane, orecchini...) impreziositi da pietre rare, ambra e smalti. Non mancano gioielli in filigrana donati anch'essi come ex voto.

Il paramento, a giudicare dallo stile degli ex voto più antichi raccolti, è stato realizzato nella prima metà dell'Ottocento.

Sempre del *Tesoro di S. Silvestro*, custodito nella Cattedrale, fa parte un *quadretto-reliquiario* che in passato veniva posto sul petto del Simulacro di S. Silvestro. Il quadretto, chiuso da una recente cornice in argento, misura cm 22 x 19 e contiene: a) una scenetta in bronzo dorato con l'Ecce Homo assistito da Santi e Angeli; b) due medagliette d'oro dell'età rinascimentale con soggetti sacri; c) una medaglietta d'argento, bucata, con minuziose decorazioni; d) un medaglione con il Cristo e la Vergine; e) alcune reliquie consistenti in frammenti di abiti.

Fercolo di San Silvestro (1736), medaglione d'argento con il Miracolo del Forno

Statuetta d'argento e Reliquia di San Silvestro

La *Statuetta di San Silvestro* ha nel petto una *Reliquia del Santo*. La scultura è datata 1757 nei punzoni del Consolato di Palermo ed è alta circa 30 cm. La preziosa opera, realizzata con più elementi a guscio fusi a cerapersa e successivamente saldati, è custodita nel tesoro della Cattedrale.

Di notevole qualità tecnica è la lavorazione eseguita, nella fase di finitura plastica, dall'anonimo scultore che ha inciso segni di ottima resa realistica. I punzoni della statua hanno l'aquila con le ali spiegate del Consolato di Palermo e la sigla GGA 57 da cui si evince la data di realizzazione, per l'appunto il 1757 ([44]).

Urna reliquiaria

L'*Urna Reliquiaria*, nel gruppo degli argenti di San Silvestro è sicuramente l'opera più antica; ha infatti i punzoni della *Città di Messina* con la data 1714 ([45]) ed è firmata dall'argentiere Filippo Vento. Si tratta di un gioiello dell'argenteria siciliana con tutti i caratteri tipici dell'arte barocca: linee curve e avvinghianti, modellato ricco di effetti plastici.

L'Urna, durante la processione, viene messa sul fercolo, dietro la Statua di San Silvestro.

Edifici monumentali nel quartiere Scalforio

Il quartiere *Scalforio* ([46]) insediato sulla parete di sud-est del Monte Troina è caratterizzato dalla presenza di numerosi edifici del Settecento, ciò a testimonianza del fatto che l'impianto urbanistico nell'età barocca ha conosciuto un notevole sviluppo e una intensa opera di ristrutturazione del precedente costruito.

Così come nel periodo alto medievale, anche nel Settecento l'architettura di *Scalforio* si è addentellata saldamente alla roccia che è stata intagliata in modo tale da costituire, oltre che il piano di fondazione, anche buona parte della struttura di elevazione delle case. Un esempio significativo in tal senso è il **Palazzetto del 1784**, al n.4 di via Di Franca, costruito sulla viva roccia della quale si riesce a leggere una parete intagliata di quasi 150 cm di altezza. Il palazzetto ha un portale d'ingresso a tutto sesto, con conci squadrati di tufo grigio intagliati nello stesso sito ([47]). Nel concio di chiave è incisa la data 1784.

Dal punto di vista stilistico è interessante il **Palazzo Calandra** al n. 108 di Via Napoli Bracconeri. L'edifi-

Fercolo di San Silvestro (1736),
la *Guarigione del figlio di Guglielmo*

Palazzo Poeta, primo quarto del Novecento, particolari decorativi

cio, di gusto tardo barocco, è a due ordini architettonici ed ha un originale portale d'ingresso. Nel quartiere sono da segnalare alcuni elementi strutturali e decorativi utilizzati con *cornici* e come *grate* per le finestre. Si tratta di conci di arenaria grigia scolpiti a traforo e murati nei prospetti al piano terra delle case. Nella tecnica e nel decoro imitano, in scala notevolmente ridotta, i rosoni delle chiese medievali e rappresentano per la loro originalità un patrimonio di arte popolare da proteggere con fermezza.

Interessante è altresì l'**Arco di Scalforio** sulla via Papa Urbano II, precedente all'età barocca e sicuro residuo di un sistema di chiusura attuato lungo le mura della fortificazione bassa della città. E' caratterizzato da un arco ribassato costruito con piccoli conci di arenaria grigia squadrati e disposti a ventaglio ([48]).

In alcuni settori del quartiere, dove i crolli causati dall'obsolescenza naturale e dall'abbandono abitativo hanno messo a nudo la roccia, è possibile leggere i segni di numerose **abitazioni trogloditiche**.

Anche a Troina, come a Sperlinga e a Nicosia, sulle pareti di tenera arenaria si notano incassi di trave, incardinature di porte, canali di scolo, nicchie per *mobilio* d'altri tempi.

La pietra documenta insomma, attraverso i segni incisi, le stagioni vissute da una popolazione fortemente legata al suo territorio ([49]), al suo *nido* di tufo.

Palazzo Municipale

E' un edificio a pianta quadrangolare, ubicato sul perimetro delle antiche fortificazioni normanne, accanto alla *Porta di Baglio*. La parte più antica del palazzo risale all'Ottocento ed è caratterizzata da elementi costruttivi in stile neoclassico.

L'ordine superiore è stato aggiunto nel Novecento.

Palazzo Poeta

Sorge sulla Via Conte Ruggero e rappresenta uno dei migliori esempi di architettura civile del primo quarto del Novecento.

E' costituito da tre ordini architettonici e presenta interessanti decorazioni a bugnato e raffinati intagli floreali.

Adiacente al Palazzo era la *Chiesa della Madonna dell'Idria* di cui si ha memoria nella letteratura storico-artistica locale.

Collegio di Maria

Fu istituito intorno al 1770 per l'educazione delle fanciulle bisognose e delle orfanelle. Sorse grazie ai lasciti e alle donazioni di numerosi benefattori (religiosi e personaggi illustri della comunità troinese).
Fu bombardato e interamente distrutto nel 1943. Sulle sue macerie è sorto l'attuale complesso costituito da un istituto di accoglienza e da una chiesetta.

Mulini

Nella contrada urbana detta *Mulino a Vento*, al centro di un nuovo complesso di palazzine per civile abitazione, sorge una struttura architettonica tronco-conica alta circa 7 m, assegnabile ai primi anni del Settecento.
Tale struttura realizzata con muratura ad *opus incertum* e con conci squadrati negli stipiti delle porte e delle finestre, ha alla base spessori murari di circa 150 cm ed è caratterizzata da due aperture in asse a piano terra. Nella parte superiore ha invece tre finestre quadrate di piccole dimensioni. All'interno, nella muratura, si notano gli incastri di una scala elicoidale della quale però non resta alcun gradino.
L'opera è forse l'elemento centrale di un *Mulino a Vento*. Del suo uso però non esistono testimonianze locali.
Nella contrada *San Ippolito*, lungo la strada che da Troina conduce a Cesarò, si possono notare i ruderi di un *Mulino ad Acqua* che la tradizione locale vorrebbe fare risalire al periodo della dominazione araba.
Si tratta di una imponente costruzione, caratterizzata da forti spessori murari e da elementi costruttivi di grande interesse.
Il *Mulino* era azionato dall'acqua proveniente dalla sorgente del *Fondo Spanò*, dove nel XIII secolo esisteva il *Monastero di Santa Maria la Stella* dell'Ordine Cistercense.

*Mulino a vento,
struttura architettonica del Settecento*

Centro storico, finestra ottocentesca

Chiesa del Carmine, scultura gaginesca della Madonna della Catena, *prima metà del Cinquecento*

NOTE

(¹) V. Squillaci, *Chiese e Conventi, memorie storiche e folkloristiche della Città di Troina*, ms. 1965, Catania 1972.

(²) Vito Amico, *Dizionario Topografico della Sicilia*, tradotto dal latino ed aggiornato con note da Giocchino Di Marzo, Palermo 1856.
Vol. II, pag. 632: *Sorgono poi tre monasteri di donne, ragguardevoli per gli edificii, l'eleganza, e la splendida suppellettile. Quel di S. Giorgio mart., congiunto alla maggior basilica, sotto gli istituti di S. Benedetto, antichissimo e composto dalla primaria nobiltà; cui fu annesso circa la metà del sec. XIV un altro del medesimo ordine intitolato a S. Stefano.*
Vol. II, pag. 635, nota 1: *Crollarono nel quartiere Scalforio la Chiesa di S. Stefano nel 1775, e quella di S. Maria della Scala nel 1790.*

(³) Nel *Manoscritto inedito di Frate Antonino da Troina dei MM. Cappuccini* (1710), pubblicato a stralci da Orazio Nerone Longo, *Un Manoscritto inedito di Frate Antonino da Troina*, Catania 1901, leggiamo che un'altra cisterna *se ni trovò mentre io stava ordinanda la fabrica della nuova Chiesa* (di S. Giorgio) *inperocchè circa l'anni 1700 li monache volsero ingrandire la Chiesa, e mentre io faceva rovinare un muro, si trovò una gisterna grande cavata nella pietra, piena di terra, la quale gisterna doppo restò sepolta a mano diritta della Cappella di S. Croce.*

(⁴) Vito Amico, *op. cit.*, vol. II, pag. 633: *il sobborgo ver settentrione, colla chiesa parrocchiale suffraganea all'arciprete ed intitolata a S. Sebastiano martire, venne fondata nei primordi del secolo scorso.*

(⁵) Orazio Nerone Longo, *op. cit.*: *Si vedono alcune antichità di detto Panteo nelli quali si è fabricata la Chiesa della Catina e della parte di sotto verso mezzogiorno si vedino dette fabriche antichi; con il tempo però cessata la Gentilità e si detti al culto divino, li medesimi abitatori rovinarono detto Panteo (o puro si era rovinato da sé) e fabricarono una nuova Chiesa sopra li sudetti rovine e la nominarono S. Maria la Valle. Questa chiesa si stima che abbia rovinata, oppure è quella che al presente chiamano S. Anna, che è pure rovinata, trovandosi in essa molti indizii di fabrica antica.*

(⁶) Rocco Pirro, *Sicilia Sacra, disquisitionibus et notitiis illustrata*, terza edizione emendata a cura di Antonino Mongitore, con aggiunte di Vito Maria Amico, Palermo 1733. Nel I Tomo, da pag. 494 a 498 si dà notizia della *Ecclesiae Troinensis Post Saracenos*.

(⁷) V. Amico, *op. cit.*, Vol. II, pag. 632.

(⁸) La Chiesa del SS. Salvatore è sede dell'antica Confraternita della Buona Morte. Possiede un interessante Crocifisso.

(⁹) V. Squillaci, *Op. cit.*, pag. 51.

(¹⁰) O. N. Longo, *Op. cit.*, pag. 29.

(¹¹) V. Squillaci, *Op. cit.*, pp. 54-55.

(12) La data è riferita da P. Bonaventura Seminara: *Breve ma certa e veridica notizia delle fondazioni dei Conventi dei PP. Cappuccini della Provincia di Messina,* manoscritto del 1625 conservato nella biblioteca del Convento di Troina. La stessa notizia si apprende da Vito Amico, *op. cit.*, vol. II, pag. 632: "... *e nel medesimo tratto verso oriente è in un lieve declivio un decentissimo Convento dei Cappuccini con ampia ed amenissima selva, del 1540*".

(13) La riforma dei PP. Cappuccini risale al 1525. Il convento di Troina sorse dunque prestissimo, entro quindici anni dalla nascita dell'Ordine.

(14) V. Squillaci, *op. cit.*, pag. 72.

(15) V. Squillaci, *op. cit.*, pag. 72.

(16) V. Squillaci, *op. cit.*, pag. 66.

(17) Salvatore Bellomo dipinge l'opera nel primo quarto del Seicento, ciò si evince dallo stile alquanto vicino a quello di Filippo Paladini, pittore di maniera molto attivo in quegli anni in Sicilia e in particolare nell'ennese e nel nisseno.
Basilio Arona in *Troina. Città Demaniale, canti popolari religiosi troinesi,* Troina 1985, a pag. 38 scrive: "... *la tela di Santa Maria degli Angeli, dipinta da Salvatore Bellomo nel 1615*".

(18) E' interessante in questo dipinto la veduta di Troina poiché è possibile riconoscere le emergenze architettoniche che caratterizzano la parte alta dell'abitato, nonché il Complesso Conventuale dei PP. Cappuccini con la facciata attuale della Chiesa. Si noti come, agli inizi del Novecento, il quartiere *Scalforio* non aveva la densità urbanistica attuale.

(19) Questo dipinto ad olio su tela, probabilmente commissionato da Padre Giacinto Chiavetta dei PP. Cappuccini, risale alla prima metà del Settecento ed è un documento iconografico di fondamentale importanza per l'immagine urbana di Troina. Nell'opera, in maniera scrupolosa, figurano le mura robuste del centro storico insediato sul monte e le due strutture conventuali dei *PP. Cappuccini* e di *S. Silvestro* nella parte bassa della città. Si riconoscono, nel dettaglio strutturale, le parti basamentali dei torrioni di sostegno della *Chiesa dell'Immacolata dei PP. Conventuali* e della *Chiesa di S. Nicolò alla Piazza*, nonché le torri campanarie e i complessi architettonici dei *Cappuccini* e di *S. Silvestro*.
Nella parte bassa del dipinto, leggendo l'opera da sinistra, figurano nell'ordine: il Vescovo Roberto, S. Silvestro (un po' più in alto, quasi al centro dell'opera) in adorazione del SS. Crocifisso, e Padre Hyacinthus (P. Giacinto Chiavetta). Le tre campiture con iscrizioni riguardano infatti l'importante Vescovo normanno, il grande Santo troinese (si legge chiaramente l'anno di morte 1164) e il frate committente di cui si apprendono la data di nascita 1686 e quella di morte 1750. Le prime due iscrizioni sono coeve al dipinto, la terza, quella riguardante Padre Giacinto, è successiva e sicuramente è stata realizzata subito dopo la sua morte.

(20) Nella *sagrestia* sono raccolti dipinti che vanno dal sec. XVI al sec. XIX. Alcuni di essi sono di ottima fattura e meritano un pronto restauro e una corretta conservazione.
Nella *biblioteca*, in cui sono raccolti libri rari ed edizioni recenti, è conservata una grande tela barocca, dipinta ad olio, raffigurante l'*Ultima Cena*. L'opera, raccorciata ai margini, è di buona fattura.

Nel *museo* sono conservati oggetti d'arte sacra, paramenti, sculture e dipinti, prevalentemente dell'età barocca. Sono custoditi altresì numerosi ricordi del Cardinale Guglielmo Massaja, oggetti personali e cimeli dell'Abissinia, raccolti dal suo segretario particolare, Padre Giacinto La Greca da Troina, nell'ultimo quarto dell'Ottocento.

(21) V. Squillaci, *Op. cit.*, pag. 56.

(22) V. Squillaci, *Op. cit.*, pag. 80.

(23) V. Amico, *Op. cit.*, Vol. II, pag. 632.

(24) V. Squillaci, *Op. cit.*, pag. 80.

(25) Vito Amico, *Op. cit.*, Vol. II, pag. 632: *"... quel di S. Francesco dei Conventuali, nel pendio appresso la fortezza verso occidente e mezzogiorno, sebbene di sito angusto, è splendido per la Chiesa, una torre, e le dimore dei frati, fondato dal 1470".*

(26) V. Squillaci, *Op. cit.*, pag. 61: *"... da una annotazione del tempo, manoscritta a margine di un antico volume proveniente dalla biblioteca del Monastero di San Francesco, oggi in quella comunale, si apprende che nell'anno 1535 l'Imperatore Carlo V, proveniente da Tunisi, sostò in Troina e fu ospitato nel Monastero suddetto".*

(27) Tra le statue lignee del Settecento sottolineo il particolare pregio di un gruppo raffigurante *Sant'Anna e Maria Bambina*. Di discreta fattura è la statua dell'Immacolata in stucco e cartapesta dell'Ottocento, collocata sull'altare maggiore.

(28) Tale cattedra, stilisticamente vicina a quella della Cattedrale, è di gusto neoclassico. E' pregevole per gli intagli, per le stuccature e per il rivestimento in oro zecchino. Dello stesso stile e della stessa qualità la chiesa conserva due sgabelli.

(29) La Biblioteca Comunale custodisce un importante settore riguardante le opere pubbliche della Città di Troina. Tra i volumi raccolti, di grande pregio è il *Libro Rosso* recentemente restaurato.

(30) V. Amico, *Op. cit.*, Vol. II, pag. 632.

(31) Il campanile è datato 1597.

(32) Tale copertura è murata oltre la volta a botte. Sarebbe opportuno che un *restauro riparatore* riportasse la Chiesa alla sua dignità formale originaria, eliminando tamponamenti e sovrastrutture.

(33) Nel 1866 il Convento dei PP. Carmelitani fu incamerato dal demanio pubblico in seguito alle cosiddette *leggi eversive*.

(34) Nel prospetto del Convento si legge ancora, nonostante i tamponamenti e la *rasatura* degli elementi architettonici sporgenti, la struttura di una loggetta a trifora con sobria balaustra.

(35) L'altare barocco, visibile da un locale della sagrestia, è realizzato in muratura ed è rivestito con stucchi

decorativi. Ai fianchi è caratterizzato dalla presenza di colonne spiraliformi e colonne scanalate sormontate da capitelli corinzi. Alla trabeazione si sovrappone un'ampia cornice lunettata dai decori fortemente plastici. Al centro si impone uno stemma che, unitamente ad altri motivi decorativi, nella parte superiore, è stato distrutto a causa del brutale inserimento di un solaio in c.a.

(36) La consacrazione della nuova Parrocchia è avvenuta alla presenza del Vescovo di Nicosia, Mons. Pio Giardina.

(37) Salvatore Fiore, *San Silvestro Monaco Basiliano di Troina*, Grottaferrata 1930, paag. 43.

(38) Salvatore Fiore, *Op. cit.*, pag. 49.

(39) Tale stemma fu forse lasciato libero, nell'attesa che qualche famiglia nobile contribuisse economicamente alla realizzazione o alla manutenzione del fercolo. Recentemente, nel corso dell'ultimo restauro effettuato, è stato disegnato sullo scudo lo stemma dell'Amministrazione Provinciale di Enna che ha contribuito alla esecuzione dei lavori di pulitura dell'argento e di consolidamento della struttura.

(40) Salvatore Fiore, *Op.cit:*, pag. 58.

(41) Maria Accascina, *Oreficeria di Sicilia dal XII al XIX secolo*, Palermo 1976, pp. 281-283.

(42) Salvatore Fiore, *Op. cit.*, pag. 72.

(43) Gaetano La Corte Cailler, *Memorie Catanesi*, in *Archivio Storico per la Sicilia Orientale* della Società di Storia Patria per la Sicilia Orientale, seconda serie, anno IX, fascicoli II - III del 1933, Catania 1934, pp. 303-304.
Il Cailler rende noto il nome dell'autore della statua troinese portando alla luce un atto notarile del 1483: *"Giovanni Tifano alias de li Matinati appartenne ad una famiglia di crocifissai messinesi molto nota in quei tempi, e della quale fecero anche parte Jacopo, Paolo ed Antonino. A costoro probabilmente si appartiene il bel Crocifisso, dalla gran divozione, che resta ancora a Terranova Sappominulio in Prov. di Reggio Calabria; a Jacopo ed a Paolo si dovette quello di Licata, eseguito nel 1469, come dall'atto d'impegno, ed ancora esistente in quella città.*
Or di una statua - non sappiamo se in legno o in mistura, come costoro lavoravano e poi dipingevano - io dò notizia, commessa per Troina ed esprimente S. Silvestro monaco. Da pubblico atto si ha ricordo, infatti, che il 29 febbraio 2ª Ind. 1483 (stil nuovo 1484) discretus magister Johannes de tifano, alias de lj matinatj, civis nobilis civitatis Messane *ritrovandosi in Troina, probabilmente per lavori, interveniva presso quel notaro Bartolomeo de Romano, e s'impegnava con Panfilo de Nasiti, procuratore di quella chiesa di S. Silvestro, Guglielmo de Rogerio e Jacopo de Sinno, maestri dell'opera di detta chiesa - debitamente autorizzati dall'Arciprete Niccolò de Bracconerio -* facere ut vulgo dicitur la figura seu ymagini di sanctu silvestru monacu, per dicta ecclesia sancti silvestri, de statura di palmi sey, assictatu tribunalimentu, vestutu sacerdotalj cum la sua alba curistata de oru finu, cum soy frixi de oru finu ali manichi et ali faudj, cum la casubla de aczoru finu ultra marinu Imbrucatu de oru finu cum lj soy frixi figurati billissimj et grandj de avantj et de arrerj de oru fino, et cum lu amictu eodem modo cum certi petri preciusi contrafacti Ita et taliter chj sia la dicta figura seu ymaginj de tanta billiza et finiza chi non chi sia In tucta sichilia et la ytalia la

simili; et hoc pro samptibus et expensis Ipsius magistri Iohannis, pro precio et precij nomine unciarum triginta quinque ponderis generalis *delle quali si pagavano subito onze 2, promettendo il resto in varie rate, man mano che il lavoro andava progredendo, coll'obbligo che detta pittura doveva essere consegnata a rischio e spese dell'artista in Troina, esaminata, garentita per 25 anni, e se non fosse piaciuta, il Matinati - solidalmente col proprio fratello mastro Jacopo Tifano - avrebbe dovuto restituire quanto aveva già ricevuto. La consegna doveva aver luogo in Marzo p.v. 1485. Il notaro de Romano, da Troina, però, dimenticò di fare intervenire legalmente nell'atto il predetto Jacopo, fratello dell'artista ed artista anche lui, ed allora, un mese dopo, con altro atto del 6 Aprile, in Messina, quest'ultimo ratificava l'impegno contratto da Giovanni, intervenendo come testimonio il celebre grecista e letterato Costantino Lascaris.* Dagli Atti del notaio Matteo Pagliarino, Vol. 1483 - 84, fol. 269 verso a 271.

In una nota al testo sopra riportato il Cailler aggiunse: *A proposito di questo lavoro per Troina, mi vien sottomano altro atto del 20 Giugno 1498 presso Not. Antonio Manzianti (Vol. 1497-98, fol. 354), in cui il nobile Giovan Antonio de Citatino, da Troina, faceva donazione di alcuni suoi beni ai frati di quel Convento Antoniano della Madonna della Catena perché si costruisse in quella chiesa una cappella con sepoltura per sé e per i suoi. Ma non se ne sa più di tanto.*

Alla statua di San Silvestro, pregevole opera del Rinascimento meridionale, fa riferimento anche Francesca Cicala Campagna in *Le Arti decorative del Quattrocento in Sicilia*, Roma 1981, pag. 108: *La solenne immagine formulata con rigida fissità iconica che purtroppo le ridipinture e i rimaneggiamenti hanno malamente accentuato, si caratterizza per la ricchezza ornamentale del piviale esemplato su modelli quattrocenteschi... Il S. Silvestro di Troina, oltre a documentare un altro degli aspetti della produzione lignea del periodo, consente anche di instaurare sulla base di un comune orientamento culturale che ha a che fare anche con il prevalente gusto della committenza, i rapporti con le altre botteghe artistiche. Difatti... si possono individuare elementi che avvicinano quest'opera alla tendenza di alcune correnti della scultura marmorea, principalmente lombarda, legate ad un goticismo ritardato su cui si innesta la conoscenza dei moduli toscani e laurareschi.*

Mi sembra interessante far notare che lo schema iconografico utilizzato per il modellato e la decorazione del S. Silvestro troinese era in voga nell'età rinascimentale. Si veda in tal senso la figura di *Santo Stefano* dipinta nella predella del ratablo maggiore della Chiesa di S. Maria del Regno, ad Ardara, dal pittore Giovanni Muru nel 1515. L'opera è divulgata da Rossella Sfogliano, *La Cultura figurativa in Sardegna nella seconda metà del secolo XV e gli influssi antonelliani nel Maestro di Castelsardo e in Giovanni Muru*, in *Antonello da Messina*, Atti del Convegno di Studi del 1981 curato dalla Facoltà di Lettere e Filosofia dell'Università degli Studi di Messina, Messina 1987, pp. 439-453, fg. 19.

[44] Maria Accascina, *I Marchi delle Argenterie e Oreficerie Siciliane*, Busto Arsizio 1976, pag. 52. L'autrice riporta la seguente notizia: *Statuetta reliquiaria rappresentante San Silvestro. Marchi: stemma di Palermo, GGA 57.*
A nostro parere il punzone con la sigla GGA 57 serve ad identificare il Console e l'anno di esecuzione della statuetta, cioè il 1757. Lo stemma della *Città di Palermo*, l'*aquila dal volo alto*, è quello in uso dal secondo decennio del Settecento in poi, in sostituzione del punzone caratterizzato dall'aquila con le ali abbassate.

[45] Maria Accascina, *I marchi delle argenterie...*, pag. 107: "*Urna reliquiaria di San Silvestro decorata da puttini e fiori. Marchi: stemma di Messina, GMC 1715 e FIV o FLV*".
Da un'attenta analisi dei punzoni abbiamo rilevato che la data, incisa ben quattro volte, è 1714. Della sigla GMC non è stato letto alcun punzone. Per quattro volte, in punti diversi dell'urna, abbiamo notato invece il punzone con la sigla FLV che potrebbe servire ad identificare l'argentiere messinese Filippo Vento, molto attivo in quegli anni.

(⁴⁶) Il nome *Scalforio* potrebbe derivare da *extra forum*. Infatti il quartiere è fuori le mura della cittadella fortificata dell'età normanna e rientra nell'anello di una fortificazione successiva realizzata sempre negli anni della dominazione normanna.

Nella lingua italiana il termine *straforo,* molto vicino a *scalforo*, si usa per indicare azioni e fatti compiuti in maniera furtiva, di nascosto, lontano da occhi indiscreti, fuori mano, fuori dai normali luoghi d'incontro, cioè fuori dalla città, *di straforo, extra forum* per l'appunto.

Salvatore Saitta, nel volume *Medici antichi di Troina e la peste del 1575,* estratto dagli *Atti del I Congresso Nazionale della Società Italiana di Storia Critica delle Scienze Mediche e Naturali*, Grottaferrata, Roma 1912, pag. 5, nota 2, scrive: *un quartiere ripido a scala si chiama Scalforio derivante da scala foreo.*

Vincenzo Squillaci, *Op. cit.*, pag. 22, commentando il Saitta, aggiunge: *l'autore ne fa derivare il nome dalle parole scala foreo, cioè fuori dalla cinta muraria. Infatti fino ai nostri giorni la parte bassa di questo quartiere si chiama ancora "Scalaforio di fora", cioè fuori le mura.* E aggiungiamo noi, fuori dalle mura della seconda cinta normanna sopra menzionata.

Un paesetto dell'ennese, non lontano da Troina, porta un nome altrettanto curioso, *Calascibetta*. *Calat* è di chiara derivazione araba e si aggiunge a *scibetta* la cui origine è legata a *extra urbis*, in riferimento a coloro che, per vicende che qui non è il caso di raccontare, fondarono un nuovo centro abitato fuori le mura della città di Enna.

Da *extra urbis* a *sciurbis*, *sciurbe*, *scibetta* il passo è breve.

(⁴⁷) Sotto la rupe del Monte Troina, nei detriti accumulatisi nel tempo, nelle collinette di fronte al Convento di Sant'Agostino, recentemente sono stati trovati dei grossi blocchi di arenaria grigia intagliati e squadrati nei banchi lapidei della parte bassa del monte. Tali blocchi, sicuramente destinati a stipiti di porte e di architravi, hanno una faccia finemente lavorata con la subbia e lo scalpello; le altre facce sono appena sgrossate poiché andavano annegate nella muratura.

La loro dimensione è di cm 160 x 90 x 50. Considerato il notevole volume, per essere trasportati nella parte superiore del *Castello* o nel quartiere *Scalforio*, i blocchi venivano incisi negli angoli. Gli scalpellini creavano così solchi e appigli necessari ad afferrare i blocchi e predisporli per la salita. Tali solchi, quando i blocchi venivano messi in opera, servivano poi a creare giunzioni di collegamento strutturale.

(⁴⁸) Suscitano curiosità i *tre conci intagliati ad anello* e sistemati con perfetto ordine geometrico sull'arco della porta. Incuriosisce altresì il concio scolpito con la figura di un angelo, murato sul prospetto della casa di tramontana, oltre la porta.

(⁴⁹) Anche sulla parete scoscesa su cui si addentella il complesso architettonico moderno dell'*Oasi Maria SS.* è possibile rilevare l'articolato sistema di segni costruttivi lasciati dall'uomo nel tempo: segni della preistoria e dell'età classica, segni del medioevo e dell'età barocca.

CAPITOLO 9

UOMINI ILLUSTRI
CIMITERO MONUMENTALE

Uomini illustri

Troina è Città di *Santi*, di *Poeti*, di *Notai*, di *Medici*... che hanno onorato la Sicilia. Alcuni di essi, come San Silvestro, San Filareto, Padre Chiavetta, Padre La Greca, il Vescovo Napoli, hanno dato a Troina una dignità storica e religiosa che supera di gran lunga quella di tanti altri piccoli centri dell'Isola.
La quantità e il prestigio dei suoi uomini illustri, affiancano Troina a città ben più grandi come Palermo, Catania, Siracusa e Messina ([1]).

San Filareto. Dal monaco Nilo e da Michele Amari ([2]) apprendiamo che il giovane Filippo, poi ribattezzato Fra Filareto, nacque forse a Troina da una famiglia di umili origini, intorno al 1022.
In seguito ai disordini causati dalla persecuzione dei musulmani, la famiglia di Filareto si trasferì a Reggio Calabria, successivamente abitò nella cittadina di Sinopoli.
Filareto, figlio unico, a venticinque anni lasciò la famiglia per rinchiudersi nel monastero di Aulina, tra Seminara e Palmi, fondato da Sant'Elia di Castrogiovanni. Nel monastero fu subito destinato ai lavori più duri ma il suo senso di obbedienza, la sua fede e i buoni principi cristiani lo condussero verso la santità. La tradizione non gli attribuisce miracoli compiuti in vita. Solo due anni dopo la morte, avvenuta all'età di cinquanta anni, verso il 1072, *una luce che usciva dalla sepoltura attirò i devoti, indi i malati, e cominciarono le guarigioni miracolose.*

San Silvestro, monaco basiliano, patrono di Troina, città dove nacque intorno al 1110 e dove morì nel 1164. Si ritirò giovanissimo nel Cenobio di San Michele Arcangelo e fu, fin dai primi anni dei suoi studi e delle sue penitenze, esempio di innocenza e di castità.
Compì molti prodigi in vita. La tradizione e la fede popolare gli attribuiscono numerosi miracoli. Ottavio Gaetani ([3]), tra i primi biografi del Santo, afferma di avere attinto le notizie relative alla vita traducendo due manoscritti greci, che nel Seicento erano custoditi nel monastero basiliano di San Michele Arcangelo.
Della vita, dei miracoli e della *invenzione* del corpo di San Silvestro scrive nel Settecento, una apposita opera, padre Giacinto Chiavetta cappuccino ([4]). Ricavando

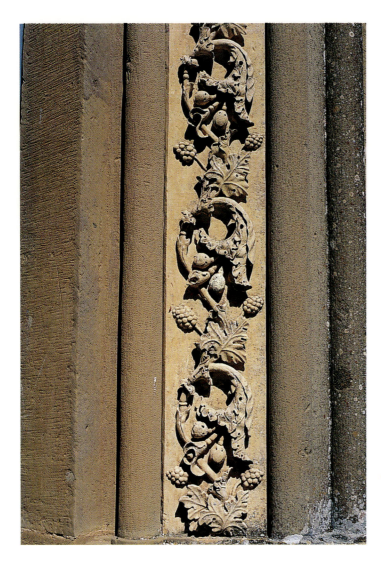

Cimitero monumentale, particolari architettonici e decorativi della fine dell'Ottocento

notizie da queste e da altre fonti, il Sac. Salvatore Fiore ([5]), agli inizi del Novecento pubblicò una biografia moderna.
Anche Federico De Roberto ([6]) si interessò del Santo Troinese e in particolare approfondì lo studio dei festeggiamenti che la Città di Troina ogni anno organizza per ricordarlo.
A San Silvestro la tradizione attribuisce diversi miracoli. Tra questi, quelli ricordati anche nelle *'ntrallazzate popolari,* sono i seguenti.
Il primo miracolo, che in ordine cronologico, gli viene riconosciuto è quello relativo al suo viaggio a Catania in occasione dei festeggiamenti di Sant'Agata.
Il secondo è il miracolo del forno con il quale viene dimostrato come la protezione divina rende invulnerabile il suo essere.
Di ritorno da un pellegrinaggio a Roma, si recò a Palermo dove, tra il 1154 e il 1156, compì il famoso miracolo della guarigione del figlio di Re Guglielmo I.
Rientrato a Troina trascorse gli ultimi anni della sua vita nella solitudine, in un ritiro fatto di preghiere, di contemplazioni e di mortificazione del corpo. Scrive il Chiavetta che *"... per isfuggire l'onore della Prelatura erasi ritirato solitario in una speco; da dove non si sapeva fusse mai più salito: il terreno caduto per opera Angelica à chiudere l'entrata dove il Santo corpo giaceva"* ([7]).
Il suo corpo fu ritrovato intorno al 1420 da due giovani cacciatori della Città di Lentini, attratti verso Troina da un falchetto che li condusse ai piedi del monte, dove sorgeva una chiesetta dedicata a San Bartolomeo. Sopraggiunta la notte, nel buio *"... Ecco che un raggio di luce, come di fiaccola, che procedeva da una speco dirimpetto indi puoco lontana, andò a ferirgli la vista"*([8]).
I due giovani, nonostante la paura, seguirono il fascio luminoso e scoprirono che esso proveniva dal corpo di San Silvestro. Il prodigio fu subito reso noto ai troinesi che così poterono gioire del ritrovamento delle spoglie mortali del Santo.
Con esultazione il corpo fu portato in paese. Poi fu sepolto, ma prima che ciò avvenisse fu estratto un frammento del cranio che oggi è custodito come unica e preziosa reliquia.
Il luogo in cui i cacciatori lentinesi trovarono il corpo fu subito inglobato in una struttura architettonica che oggi coincide con la cappella di San Sivestro, nella

chiesa dedicata al Santo. Anche al simulacro, oggi custodito in Cattedrale, viene attibuito un fatto prodigioso. La tradizione vuole che quando la statua giunse nel porto di Catania un cieco riacquistò la vista.

È ancora il Chiavetta che scrive: "... *Spuntato questo Naviglio à vista della Città di Catania: un cieco nato fu il primo, che lo scoprisse: gli furono aperti gl'occhi al vedere, per intercessione del nostro Santo*" (⁹).

Vincenzo Di Napoli, vescovo di Patti e regio cappellano. Morì in odore di santità nel 1648. Fu uomo di eccezionale generosità, infatti impegnò tutto il suo patrimonio a beneficio di Troina. Egli infatti la riscattò, dopo che nel 1644, da Filippo IV, era stata venduta al nobile Marco Antonio Scribani Genovese.

Padre Giacinto Chiavetta, cappuccino. Nacque a Troina nel 1686. A lui va il merito di avere pubblicato nel 1734 la *Vita di San Silvestro da Troina, monaco dell'ordine di San Basilio Magno*. Fu provinciale dell'Ordine dei Padri Cappuccini di Messina e guardiano del Convento di Troina. Morì nel 1750.

Carlo Di Napoli, giureconsulto alla Corte di Napoli. Nacque a Troina nel 1702. Pubblicò nel 1744 la *Concordia tra i diritti demaniali e baronali*. Avvocato di grande impegno, morì a Palermo nel 1758.

Francesco Bonanno, notaio, approfondito ricercatore di storia patria. Convinto sostenitore della restituzione del vescovado alla Città di Troina, nel 1789 pubblicò le *Memorie storiche della Città di Troina*, opera di grande importanza per i *diplomi* e i privilegi che la corredano.

Ignazio Roberto, fisico e matematico. Nacque a Troina nel 1776. Pubblicò nel 1815 un *Piano di educazione e di pubblica istruzione* nel quale sono espressi principi poi adottati dalla moderna pedagogia. A lui si deve la costruzione a Troina di alcuni mulini meccanici e la realizzazione di due orologi solari e una meridiana. Morì a Catania nel 1834.

Giuseppe De Nasca, medico, docente all'Università degli Studi di Napoli. Nacque a Troina, in una casetta del quartiere *Scalforio*, nel 1803 da una famiglia di umili artigiani. Pubblicò alcuni saggi di medicina e fu

Cimitero monumentale, particolare scultoreo della fine dell'Ottocento

Cimitero monumentale,
stele funeraria di Antonino Spitaleri (1918)

Cimitero monumentale, particolare
della Cappella della Confraternita dell'Immacolata (1886)

tra i chirurghi più impegnati del suo tempo. Visse molti anni a Napoli ma morì nella sua Troina nel 1893.

Padre Giacinto La Greca, cappuccino, scrittore e illustre oratore. Nacque a Troina nel 1843 e visse gran parte della sua vita accanto al cardinale Guglielmo Massaja di cui pubblicò, in dodici volumi, *I miei 35 anni di missione nell'alta Etiopia*. Con i proventi ottenuti dalla vendita della sua pubblicazione, restaurò il Convento di Troina nel quale realizzò persino un piccolo *antiquarium* che nel tempo è stato incrementato. Morì a Roma nel 1896.

Giuseppe Di Napoli, poeta e letterato. Nacque a Troina nel 1844. Studiò discipline giuridiche e scienze politiche all'Università degli Studi di Catania. Si dedicò all'insegnamento delle Lettere. Pubblicò alcuni componimenti e numerose dissertazioni letterarie. Morì a Palermo nel 1914, all'età di settant'anni. Recentemente, nel corso di un apposito convegno, ne è stata rivalutata la figura di poeta e scrittore.

Mariano Foti Giuliano, educatore e scrittore. Nacque a Troina nel 1852. Pubblicò le *Memorie paesane*, costruendo un primo schema delle emergenze monumentali della Città di Troina in cui morì nel 1917.

Giovanni De Mauro, sacerdote, educatore e matematico. Nacque a Troina nel 1863. Studiò, all'Università degli Studi di Roma, Filosofia e Matematica. Insegnò a Malta e successivamente a Palermo e a Catania. Scrisse alcuni importanti saggi filosofici, un trattato di Algebra e uno di Aritmetica Pratica.

Salvatore Saitta, medico chirurgo, cultore di storia patria. Nacque a Troina nel 1872. Nel 1914 pubblicò uno studio sui *Medici antichi di Troina e la peste del 1575*. Scrisse importanti saggi sul servizio sanitario, sulle scienze naturali e sulla storia patria. Con i suoi rilevamenti fotografici fissò le ultime immagini di un mondo rurale ormai al tramonto.
Fu amico di Federico De Roberto e di Giovanni Verga. Morì nel 1942.

Giacomo Lo Cascio, sacerdote, cultore di lettere classiche. Nacque a Troina nel 1887. Pubblicò diversi volumi di storia patria e scrisse le sceneggiature bibliche di opere ispirate alla vita di Mosè, di Daniele, di Ester e di Giuditta. Interessanti sono i suoi testi su *Troina al tempo dei Normanni* (Catania 1970) e su *Giuseppe Di Napoli, un poeta pensoso* (Catania 1971). Morì a Troina nel 1978.

Cimitero Monumentale

Il Cimitero Monumentale di Troina fu iniziato nella seconda metà dell'Ottocento, in seguito alle nuove disposizioni sulla tumulazione *extra moenia* e ad iniziativa delle confraternite più importanti della Città.
La Cappella delle celebrazioni liturgiche è dedicata a Santa Maria delle Grazie, chiesetta che fu distrutta durante i bombardamenti del 1943. La ricostruzione è avvenuta nel 1956.
Tra le Cappelle funerarie e le tombe più significative vanno ricordate le seguenti:

Cappella funeraria della *Confraternita dei Bianchi* e della *Confraternita del Rosario*.
È una costruzione in stile neogotico, realizzata in pietra arenaria giallina locale. Il progetto fu eseguito nel 1886 da Dario D'Amico la cui firma è incisa nell'arco del portale d'ingresso.

Cappella della *Confraternita del Monte di Pietà*. È sicuramente la tomba di maggior pregio del Cimitero di Troina, per quanto riguarda le opere di intaglio decorativo. Risale alla fine dell'Ottocento ed è caratterizzata da motivi strutturali e stilistici neogotici. È realizzata in pietra arenaria giallina e in calcare bianco degli Iblei.

Cappella della *Confraternita dell'Immacolata*. È in stile neogotico e porta incisa, nell'arco del portale d'ingresso, la firma del progettista Giacomo D'Amico che la realizzò nel 1886.

Cappella delle *Famiglie Seminara, Polizzi e Testuzza*. È in stile tardo liberty ed è caratterizzata da decori floreali di forte effetto plastico. Risale agli inizi del Novecento.

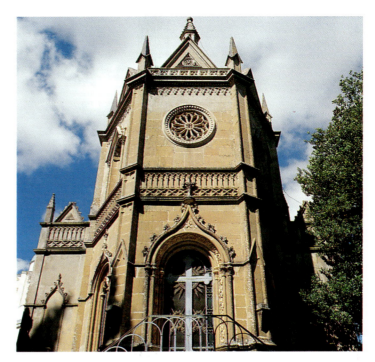

Cimitero Monumentale, Cappella della Confraternita del Monte di Pietà, fine dell'Ottocento

Cimitero Monumentale, Cappella delle Confraternite dei Bianchi e del Rosario (1886)

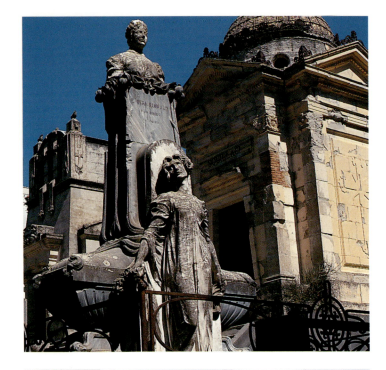

Cappella della *Famiglia Squillaci*. È una interessante opera neoclassica degli inizi del Novecento, caratterizzata da una cupoletta dai ricchi decori.

Tomba di *Luigi Di Giunta Margarito*. È costituita da una stele funeraria sormontata da un busto in marmo bianco statuario. Di marmo bianco è anche una figura allegorica appoggiata alla stele. L'opera è stata realizzata nel 1891 dallo scultore L. Grasso di Catania.

Stele funeraria di *Antonino Spitaleri* (1901-1918). L'opera, in marmo bianco statuario, è decorata con una interessante siepe di roseto in stile liberty.

Stele funeraria di *Giuseppe De Nasca* (1803-1893). L'opera, realizzata in marmo bianco statuario, è stata eseguita nel 1893 dallo scultore catanese L. Grasso.

Monumento funerario di *Antonino Pintaura Di Giunta*. L'opera è stata realizzata dallo scultore catanese Gaetano Grazia, nel 1913. La stele, in origine, era affiancata da due angeli in bronzo dei quali ne rimane solo uno. Il busto del Pintaura è in marmo bianco statuario.

Monumento funerario di *Elvira Squillaci Sollima.* († 10 novembre 1901). Si tratta dell'opera di maggior pregio artistico del cimitero troinese. Una stele in marmo grigio è sormontata dal busto in marmo bianco statuario della Squillaci; una figura allegorica, scolpita nel bianco marmo carrarese, in puro stile liberty, caratterizza la parte frontale del monumento. L'opera è firmata dal famoso scultore Ettore Ximenes che la realizzò a Roma nel 1904.

Tomba della *Famiglia De Agrò*. Trattasi di un monumento funerario moderno decorato con una *Pietà* in bronzo degli anni Ottanta, opera del noto pittore Remo Brindisi.

Cimitero Monumentale, stele funeraria di Elvira Squillaci Sollima, *opera in stile liberty di Ettore Ximenes (1904)*

Cimitero Monumentale, tomba della famiglia De Agrò, *opera in bronzo di Remo Brindisi*

NOTE

(1) La bibliografia di riferimento sugli *Uomini Illustri* di Troina è vasta e complessa. Tra i vari testi consultati si ritiene di riportare, in ordine cronologico di stampa, i seguenti:
Giacinto Chiavetta, *Vita di San Silvestro da Troina, monaco dell'ordine di San Basilio Magno,* Messina 1734.
M. Foti Giuliano, *Memorie paesane, ossia Troina dai tempi antichi sin oggi*, Catania 1901.
Federico De Roberto, *San Silvestro da Troina*, in *La Lettura*, Rivista mensile del Corriere della Sera, Anno IX, n.8, agosto 1909. Ristampa anastatica, Troina 1991.
Salvatore Saitta, *Medici antichi di Troina e la peste del 1575*, Grottaferrata, Roma 1912.
Salvatore Fiore, *S. Silvestro, Monaco Basiliano di Troina*, Grottaferrata 1930.
Padre Francesco da Troina, *In memoria di Frate Vittorio Calandra da Troina*, Catania 1939.
Giacomo Lo Cascio, *Autobiografia di un quasi novantenne*, Troina 1976, manoscritto della Biblioteca Comunale di Troina.
Basilio Arona, *Troina città demaniale, canti popolari e religiosi troinesi*, Troina 1985.
Basilio Arona, *Uomini illustri della Città di Troina*, manoscritto, Troina 1994.
Giuseppe Messina, *Vita di S. Silvestro Troinese*, Catania 1926.
Sebastiano Grasso - Domenico Tanteri, *Il mio non ascoltar povero canto, Giuseppe Di Napoli aspro poeta*, Troina 1999.
Silvestro Livolsi, *Note sull'attività culturale a Troina dalla metà dell'800 ai primi del '900*, in *Il mio non ascoltar povero canto, Giuseppe Di Napoli aspro poeta*, Troina 1999.

(2) Michele Amari, *Storia dei musulmani di Sicilia*, seconda edizione a cura di Carlo Alfonso Nallino, volume III, 1939, ristampa Catania 1986.

(3) Ottavio Gaetani S.J., *Vitæ Sanctorum Siculorum,* Palermo 1657. Il manoscritto è conservato nella Biblioteca Alagoniana della Curia Arcivescovile di Siracusa.

(4) Giacinto Chiavetta, *Vita di San Silvestro da Troina, monaco dell'Ordine di San Basilio*, Messina 1734.

(5) Salvatore Fiore, *San Silvestro, monaco basiliano di Troina*, Grottaferrata 1930.

(6) Federico De Roberto, *San Silvetsro da Troina*, Milano 1909.

(7) Giacinto Chiavetta, *op. cit.*, pag. 253.

(8) Giacinto Chiavetta, *op. cit.*, pag. 258.

(9) Giacinto Chiavetta, *op. cit.*, pag. 275.
Padre Giacinto Chiavetta dà altresì notizia dell'origine veneziana della scultura del simulacro di San Silvestro. Tale informazione si è rivelata errata, infatti, alla luce di un documento messinese scoperto da Gaetano La Corte Cailler (si veda il cap. 8 e la nota 43 dello stesso capitolo, nel presente volume), si sa che la statua fu realizzata a Messina da Giovanni e Jacopo Tifano detti *de li Matinati*.

CAPITOLO 10

FESTE RELIGIOSE

Giugno

Il sabato della prima domenica di *Giugno* si svolge la festa della Reliquia molto attesa dalla popolazione troinese e dagli abitanti dei paesi vicini.

Le usanze gastronomiche tipiche tramandate dalla tradizione e rievocate durante le feste troinesi sono: a *vastedda cu sammucu,* i *favi a quazuni,* i *piseddi a frittedda.*

Una delle ricorrenze più importanti del mese di Giugno è la *Festa dello Statuto.*

Nella prima domenica di Giugno si celebra con solennità la *Festa di San Silvestro* ([7]) a cui è legata *a fera i giugnu,* che coincide con la fiera del bestiame. Si vendono ancora oggi capi di bestiame, arnesi per uso agricolo e domestico, utensili dell'artigianato tradizionale.

Un tempo si definiva *fera fridda* quella in cui tutti i clienti sfollavano o quella in occasione della quale si vendevano oggetti di scarso valore. In tale fera nessuno dei *vistiamara* comprava e nessuno dei compratori accettava.

Con il detto *fera franca* si intendeva quella fiera in cui non si pagavano le gabelle.

Di rilievo in questo mese è la *Festa del Corpus Domini* ([8]) che recentemente è ritornata ai fasti antichi e vede la partecipazione di tutte le confraternite troinesi con costumi caratteristici. Avvincente è la lunga processione che si snoda a serpentina lungo le vie medievali della Città. Nel percorso i balconi vengono addobbati con coperte ricamate a mano, veri reperti di un artigianato sommerso e sconosciuto ai più.

Luglio

Il *2 Luglio* ricorre la *Festa della Madonna delle Grazie.* Gruppi di persone a piedi scalzi si recano in pellegrinaggio fino al cimitero dov'è ubicata la piccola chiesetta della Madonna. Seguono la partecipazione alla Santa Messa e la visita ai defunti.

Il mese di Luglio una tempo era dedicato principalmente al raccolto del grano: *tiempu d'aria.*

Nel dopoguerra venne istituita la *Fiera di Luglio* che, con quella di giugno, era una delle più importanti della Sicilia. Oggi ha perduto il carattere originario ed è diventata una fiera secondaria, e cioè una semplice *piazzetta,* mercatino che si svolge ogni seconda domenica del mese.

Il *13 Luglio* si svolge la *Festa di Sant'Antonio Abate.* In questi ultimi anni era andata in disuso e per volontà della confraternita è stata ripristinata. In passato la Confratenita di Sant'Antonio Abate raccoglieva frumento ed altro per le

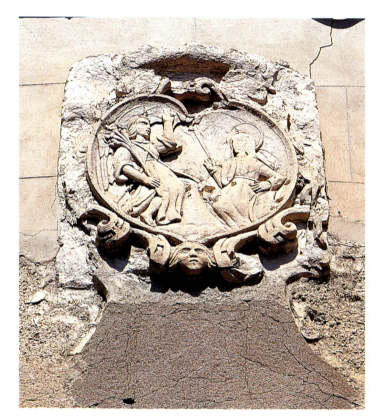

Chiesa del Carmine, scudo tardo rinascimentale dell'Annunciazione

campagne. La gente ben volentieri dava larghe offerte e ciò perché Sant'Antonio è il protettore degli animali domestici. I nostri contadini erano molto legati al Santo del quale, per altro, una immagine votiva non mancava mai nelle aziende.

Agosto

Festa importante è il *Ferragosto troinese*. Il *15 Agosto* si festeggia la *Madonna Assunta* che è la Compatrona e la Protettrice di Troina.

Il *14 Agosto* del 1992, vigilia del ferragosto, fu istituzionalizzata una singolare processione religiosa che vide la partecipazione di molti fedeli. Un tempo questa festa vedeva la partecipazione attiva delle maestranze degli artigiani troinesi che *cunsavunu u palcu pa Madonna*. Raccontano gli anziani che si faceva a gara per realizzare palchi riccamente decorati. Per l'occasione si addobbava un altare in ogni quartiere e si celebrava la quindicina della Madonna con la presenza di un predicatore.

Altra festa di particolare rilevanza è quella di San Rocco, celebrata dalla omonima Confraternita alla periferia di Troina il *16 Agosto* nel quartiere Scalforio. La ricorrenza è attesissima perché, in tale occasione, dopo la stanchezza del ferragosto, i troinesi partecipano con serenità ai riti religiosi del Santo e si concedono una distensiva passeggiata nel quartiere. La Confraternita porta in processione la statua di San Rocco, preceduta dai confrati, detti *babbaluti* per l'abito caratteristico che indossano.

Una processione che è andata perduta recentemente è quella del Sacro Cuore di Gesù che in passato vedeva la partecipazione massiccia di popolo e aveva il suo maggiore artefice in P. Gregorio Centamore cappuccino.

Settembre

Il mese di Settembre è caratterizzato da tre feste care ai troinesi:
1. il pellegrinaggio alla *Madonna della Lavinia* a Cerami che inizia la notte del 7;
2. la Festa della *Madonna del Soccorso* che si svolge il giorno 8;
3. la processione del simulacro di *San Silvestro* a Sant'Agostino. Quest'ultima ricorrenza chiude il ciclo delle feste locali. Un tempo essa era importante per le massaie in quanto, in occasione della *fera di sittiemmiru*, potevano comprare quello che da un anno desideravano e innanzitutto la stoffa per un vestito nuovo.

Chiesa del Carmine, particolare del campanile

Tale fiera era l'emporio commerciale più rilevante dell'entroterra siciliano e vedeva il concorso di commercianti locali, catanesi, paternesi, adraniti... biancavilloti. Tutti potevano fare acquisti annuali di uso casalingo e provviste di vestiario. I troinesi barattavano le merci comprate con i prodotti locali. I contadini ad esempio *pagavano* con frumento, fave, ceci, legumi vari, formaggi... galletti .Questo emporio durava 15 giorni e a volte anche 22 e veniva ospitato nel loggiato di Sant'Agostino.
La banda municipale vivacizzava i festeggiamenti con appositi concerti.
Con la istituzione del *mercato settimanale* e con la *piazzetta* è tramontata la *fiera di Settembre*.
Caratteristica in questo mese era anche la *fiera dei maiali* che si svolgeva nella Via Mercato e Via San Pietro. Tale ricorrenza oggi non è più nel calendario fieristico.
Nella penultima domenica di Settembre avviene la risalita della vara di San Silvestro, che così dalla chiesa di Sant'Agostino ritorna in Cattedrale.

Ottobre

Nelle campagne si ricomincia ad arare e seminare. In montagna è il mese della *vendemmia* e dei *mosti*.

Novembre

La ricorrenza di *Tutti i Santi* l'1 Novembre e la *Commemorazione dei Defunti* il 2 vivacizzano la tranquilla cittadina. I troinesi, legati al culto della famiglia e della casa, in questo mese rivivono la triste e lieta ricorrenza dei morti. Triste per la malinconia dei grandi, lieta per la gioia dei bambini i che in questo giorno ricevono in dono giocattoli e regali.

Dicembre

L'8 Dicembre si festeggia *l'Immacolata Concezione*. Tutto il popolo partecipa alle sacre funzioni nell'omonima chiesa che è anche sede dell'attuale confraternita. Un tempo con tale ricorrenza aveva inizio, nella casa del contadino, la *scanna del maiale,* rito ormai andato perduto.
Il *13 Dicembre* si festeggia *Santa Lucia*. A Troina, la Santa Siracusana riscuote viva devozione perché è protettrice degli occhi. Ancora oggi pedurano tradizioni e consuetudini come quella del frumento bollito, la *cuccìa*.
Una festa che è stata totalmente dimenticata è quella dell'*Episcopello* (⁹)*,* che si celebrava il 27 dicembre per ricordare l'istituzione dell'antico vescovado normanno.

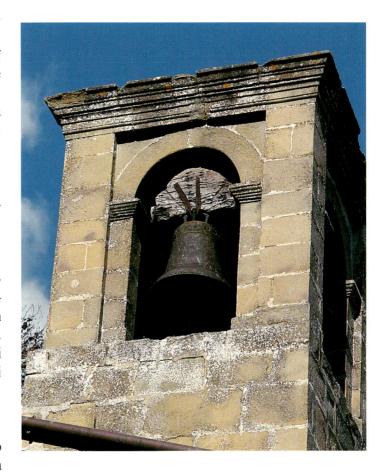

Chiesa di San Silvestro, particolare della torre campanaria

NOTE

(¹) Rivolgo un vivo ringraziamento allo studioso locale Basilio Arona, cultore di storia patria, il quale mi ha fornito le notizie relative al calendario delle festività religiose troinesi.

(²) Maria Adele Di Leo, *Feste patronali in Sicilia* Roma 1997, pag. 60: "*...i troinesi festeggiano San Silvestro, monaco basiliano, tre volte l'anno. Il primo festeggiamento ha luogo il 2 gennaio, quando il Santo viene celebrato con la Messa solenne nella basilica dedicatagli, al cui interno è custodita la sua tomba (attribuita a Domenico Gagini). Oltre la messa solenne il Santo riceve l'omaggio della pioggia di nocciole lanciate dal campanile della basilica, comunemente chiamata l'abbiata di nuciddi*".

(³) Nuccio Sciacchitano (a cura di): *Folklore, storia, caratteristiche della Settimana Santa a Troina*, manoscritto di N.Schillaci e F. Barbera, Troina 1977, pag. 7: "*...nelle processioni della Settimana santa ci sono i cosiddetti babbaluti, che sfilano in ordine prima della bara. Quiesti sono vestiti con una tunica e un mantello corto che si differisce nel colore a seconda della Confraternita di appartenenza. Fra le mani portano una bandiera o un lume che la sera viene acceso... Alla fine di ogni confraternita vi sono due persone, chiamate baggi, vestite da soldato. Questi hanno i cappelli piumati e i vestiti ornati con fregi. A mettere in ordine tutte le persone è u massaru che ha una specie di toga ricamata e tiene in mano un bastone di ottone, per significare il comando*".

(⁴) Basilio Arona: *La festa dei rami e della ddarata a Troina, simbologia e mito,* Troina 1997, pag. 9: "*... La penultima domenica di maggio di ogni anno, si rinnova a Troina un'antichissima manifestazione folkloristica: la festa dei Rami; pellegrinaggio votivo in onore di San Silvestro, monaco basiliano, patrono della Città. Nella notte di Giovedì gruppi di fedeli concittadini, devoti al Santo - giovani e meno giovani - si radunano nella chiesa di S. Silvestro dove ha inizio il pellegrinaggio che a piedi li porta fino alle lontane foreste nel cuore dei Nebrodi, dove, secondo il voto tradizionale, toccano e raccolgono rami di alloro.*

Un canto popolare così apre i festeggiamenti:
È uoggi lu principiu di li fiesti,
li fiesti di lu nuostru Prutetturi.
Si nn'jru pi li Rami a li furiesti
pi dari a stu ran Santu ranni onuri.
Nui n'appuggiamu a li sò santi viesti
cu vera fidi e cu vieru duluri.
Iddu nni scanza di frievi e di piesti
e nni uttieni da Diu li ran favuri.

Giunti ai boschi i Ramara si fermano in un campo base per il pernottamento...Consumano una abbondante colazione insieme...Tra una libagione e l'altra di prodotti genuini, casercci, e di buon vino, i pellegrini si preparano per andare a toccare l'alloro.
C'è la conta... si parte... dopo alcune ore di cammino...
Arrivati nel sacro bosco, santuario naturale dove cresce l'alloro, si preparano le corde e giù per l'anghira di Faccialonga...
Uno, due, tre, dieci, venti, trenta... quando tutti hanno in mano un ramoscello di alloro un grido gioioso

rompe il silenzio: Viva Diu e San Suvviestu, e lu Patriarca San Giusieppi e lu Santissimu Saramentu...".

(⁵) Ignazio E. Buttitta, *L'alloro, dalle daphnephorie alla ntrata du ddauru, materiale per una ricerca*, in *Mitos*, rivista di Storia delle Religioni, n. 4 Palermo 1992, pag. 61:*"... A Troina ogni anno nel mese di maggio i fedeli di San Silvestro portano in processione la penultima e l'ultima domenica del mese la pianta consacrata al Santo, l'alloro... Questi si recano alcuni giorni prima a piedi, a raccogliere la sacra pianta, così come a piedi partecipano alla processione della domenica. L'ultima domenica del mese, invece, tutto è fatto a dorso di muli e cavalli da parte dei cosiddetti ddarara... che erano i proprietari o i gestori dei fondi".*

(⁶) Maria Adele Di Leo, *op. cit.*, pag. 61: *"... La domenica pomeriggio inizia la caratteristica cavalcata della Kubbaita, che ha sicuramente origini arabe: da gubbait, termine che in arabo significa mandorla (nome usato per indicare anche un tipico torrone siciliano). Alla cavalcata partecipano molti personaggi che sfilano in costumi cinquecenteschi...Ogni cavaliere è accompagnato da un parafreniere che regge le briglie al cavallo e da un valletto, il quale a sua volta conduce un mulo carico di provviste. Il valletto porta sulle spalle una bisaccia piena di dolciumi, tra cui il caratteristico torrone siciliano"* alle mandorle.

(⁷) Giuseppe Pitrè, *Feste Patronali in Sicilia (1870-1913)*, ristampa Palermo 1978, pag. 267: *"...Ma la festività principale è quella del 2 maggio, la quale per ragioni politiche recentissime è ora solennizzata nella prima Domenica di Giugno, preceduta e seguita da una fiera di bestiame, forse la prima e senza dubbio una delle prime nel genere in Sicilia".*
Per i canti popolari legati al culto e ai festeggiamenti di San Silvestro è interessante la raccolta compiuta da Basilio Arona, *Troina Città Demaniale, Canti popolari e religiosi troinesi*, Troina 1985.

(⁸) Mariano Foti Giuliano, *Memorie paesane, ossia Troina dai tempi antichi sin oggi*, Catania 1901, a pag. 53 riferisce che la festa del *Corpus Domini* è una delle più *maestose* ricorrenze di Troina.

(⁹) Federico De Roberto, *San Silvestro da Troina*, in *La lettura*, rivista mensile del Corriere della Sera, Milano 1909, cap. 3:*"...La sede del vescovado non durò a lungo in Troina; lo stesso Ruggero che l'aveva accordata, la trasferì a Messina. I cittadini non si rassegnarono facilmente alla perdita, e se non si dolsero col Conte che li aveva liberati dal giogo musulmano ed aveva loro concesse tante più sostanziali ricchezze, cercarono un mezzo di recuperare il perduto onore. Essi lo trovarono nella finzione, se non nella mascherata. Ogni anno, il 27 dicembre, si imponeva la mitria ad un chierico, creandolo Vescovello e facendogli celebrare il ponteficale: alla fine della cerimonia egli era accompagnato per le vie della Città e faceva dono di dolci ai suoi seguaci. Si crede da qualcuno che la Cavalcata rammenti questa annuale creazione del Vescovello".*

CAPITOLO 11

LA CITTÀ MODERNA E CONTEMPORANEA

Troina, fatti e notizie utili alla storia della città moderna e contemporanea

1820. I Moti Carbonari

Durante i Moti Carbonari del 1820 a Troina si registrò un notevole fermento e numerosi cittadini parteciparono ai *Moti*.

1848-1860. I Moti di Indipendenza

Pochi furono i troinesi che parteciparono alle azioni di Indipendenza delle *Camicie Rosse*. In città non si verificarono gravi fatti, come invece accadde nei paesi vicini.

1866. Soppressione dei Monasteri di San Michele e del Carmelo

L'Abbazia di San Michele Arcangelo viene soppressa. I terreni vengono smembrati e divisi. *Oggi sono ridotti a lande deserte: solo cento anni fa queste terre rendevano ai monaci 5.800 onze e tenevano occupati quasi per tutto l'anno 125 braccianti, mentre oggi è raro vedere qualche contadino aggirarsi per quei luoghi resi ormai assolutamente improduttivi* ([1]).

1898. Rivolta contadina di Troina

La rivolta contadina del 1898 fu causata dalla crisi generale dell'economia agricola, dalla conseguente carestia e dalla fame ed il bisogno di terra da coltivare. Nella rivolta vanno letti *anche i segni di una secolare attesa di tempi migliori, di lunga rassegnazione e disposizione a subire fatalisticamente il dominio e l'arroganza eterna dei potenti, per forza e per ceto. E' nel lungo periodo, nelle cause antiche che va ricercata* (la scintilla della protesta) *più che nei fatti... nei lenti movimenti, nell'accumulo di energie che il dato congiunturale fa esplodere* ([2]).

1904. Si analizza l'acqua di alcune sorgenti

Il 22 agosto 1904 il Segretario Comunale del tempo presenta una relazione riguardante l'analisi dell'acqua di alcune sorgenti del territorio troinese, ciò al fine di

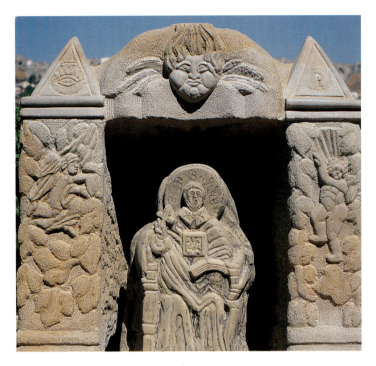

fornire di acqua potabile l'abitato (³). La relazione non manca di mettere in evidenza il degrado del paese e delle strade in particolare: *"... Il suolo delle strade lascia molto a desiderare. Se togli poche strade con selciato lavico, tutto il resto della viabilità del paese è in terriccio o a grossi ciottoli.*

La pulizia urbana è piuttosto trascurata; l'insufficienza di personale addetto e l'eccessivo traffico delle vetture contribuiscono a mantenere sempre delle sozzure nel suolo. Non mancano addossati alle case o agli svolti delle vie degli accumuli di letame e qualche concimaia".

In merito all'acqua potabile nella relazione così si annota:

"... Le acque di cui attualmente si serve il Comune per l'alimentazione potabile sono di cisterna e altre che non offrono alcuna garanzia di protezione e di potabilità".

1915-18. La Prima Guerra Mondiale

Troina diede un altissimo contributo alla Patria, con oltre seicento caduti. Numerosi furono i feriti e i mutilati. La pietà e il rispetto di quel sacrificio sono racchiusi nel Monumento celebrativo della Piazza Conte Ruggero.

Una stele in marmo bianco statuario e un'agile statua in bronzo fissano, nella memoria della comunità locale, il triste ricordo di quella tragedia.

1919. L'utilità della fognatura

Nel gennaio del 1920 il Prosindaco del tempo presenta, al Presidente e ai Componenti del Comitato Speciale per l'Esecuzione dei LL.PP. e Concessione di Mutui, una relazione ai sensi dell'art. 6 del Decreto n. 2405 del 28 novembre 1919, in cui si riferisce dell'utilità della fognatura a Troina, delle condizioni operaie, del grado di disoccupazione e delle condizioni finanziarie del Comune.

La relazione, richiamando un progetto redatto e approvato nel 1915, contiene la precisa richiesta di attuazione delle opere fognarie.

All'art. 2 si legge delle gravissime condizioni economiche del paese e si denunzia come a Troina *non esistono imprenditori di opere, né opifici, né officine* (⁴).

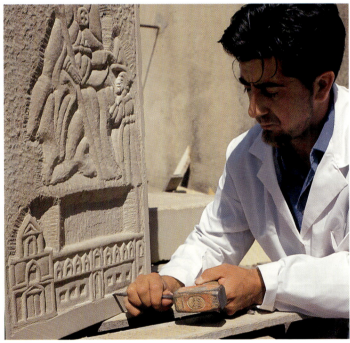

Via Nazionale, Tribunedda *di San Silvestro, opera d'intaglio in pietra arenaria locale dello scultore Salvatore Dell'Arte (1999)*

Tra le forme dell'artigianato locale quella dell'intaglio lapideo è caratterizzata ancora oggi da un vivace interesse. Lo scultore S. Dell'Arte nel suo laboratorio.

1921. Relazione sulle condizioni del Comune

Il 23 luglio del 1921, alle ore 18.00, il ricostituito Consiglio Comunale di Troina viene convocato per una seduta, in occasione della quale il Commissario Prefettizio Giuseppe Grimaldi espone una approfondita relazione dalla quale emergono le condizioni del Municipio, lo stato dei servizi pubblici e il programma delle opere pubbliche ([5]).

Tra le opere pubbliche trattate dalla relazione mi sembra opportuno ricordare: a) il progetto per la costruzione dell'Edificio Scolastico; b) l'ampliamento della Piazza Conte Ruggero; c) il progetto per la fognatura.

1925. Relazione sulle strutture e i servizi della Città

L'11 agosto del 1925 il Sindaco ff. inoltra una relazione al Segretario Politico del Sindacato Provinciale Fascista Ingegneri di Catania, presentando una scheda dell'abitato.

Il Sindaco ff. sollecita l'attuazione del progetto della fognatura, la realizzazione dell'Edificio Scolastico, la manutenzione della strada provinciale di collegamento fra Troina e Carcaci, il completamento della strada rotabile fra Gagliano e Troina, la realizzazione di un importante tratto di linea ferrata per favorire il miglior collegamento dei Comuni di Troina, Cesarò, Gagliano, Cerami ... e Nissoria con i maggiori centri dell'area ennese e catanese ([6]).

1926-1964. Azienda speciale silvo-pastorale di Troina

L'istituzione di quest'azienda costituisce un caso unico in Sicilia; si tratta di un'esperienza di gestione di un demanio forestale vasto e ricco, sotto il profilo ambientale, naturalistico ed economico ([7]).

La costituzione dell'azienda risale al 1926 ma il suo assetto amministrativo viene definito nel 1930. Poi c'è un trentennio di stasi. Il nuovo iter amministrativo riprende agli inizi degli anni Sessanta e si conclude positivamente nel 1964 con la nomina della prima Commissione Amministratrice del nuovo Ente.

Le finalità sono chiaramente espresse nella delibera del 22 novembre 1962 Regolamento per l'esercizio degli usi civici nei demani del Comune di Troina: *"... la possibilità, convenienza ed opportunità di provvedere al riordinamento, alla ricostituzione ed al miglioramento*

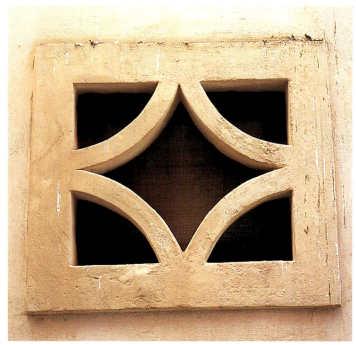

Centro storico, quartiere Scalforio, particolare di una cancellata in ferro battuto degli inizi del Novecento

Centro storico, quartiere Scalforio, monofora traforata, testimonianza dell'artigianato locale dei primi anni del Novecento

*L'Oasi Maria SS. sulla cresta del Monte
di Troina e nelle pendici i quartieri* Rocche *e* San Basilio

del patrimonio silvo-pastorale di proprietà del Comune, nonché la sua razionale gestione tecnico-economica ed all'espletamento dei compiti di aggiornamento e di assistenza tecnico-forestale, agraria e zootecnica di cui all'art. 4 della legge 25 luglio 1952, n. 991".
Esaminando, poi, il Regolamento dell'Azienda stessa, approvato successivamente con delibera del Consiglio Comunale n.40 del 20 marzo 1963, dall'art. 4 si evince che l'Azienda *"ha per scopo la gestione tecnica ed economica dei boschi e dei pascoli, comunque appartenenti e comunque in possesso dell'Ente, nonché compiti di aggiornamento e di assistenza tecnica forestale, agraria e zootecnica nell'ambito della propria circoscrizione ed a vantaggio di tutti i cittadini, da svolgersi a cura di apposito personale tecnico, con l'ausilio altresì di un corpo di agenti di custodia".*
12 giugno 1926 Delibera Consiliare n.54 avente per oggetto la Costituzione dell'azienda speciale per la gestione del patrimonio silvano-pastorale.
19 luglio 1928 Deliberazione del Podestà n.133 avente per oggetto la Costituzione dell'azienda speciale del patrimonio silvano-pastorale.

1943. La battaglia di Troina

Le truppe americane sbarcate in Sicilia, nel 1943, svilupparono la propria azione di *liberazione* dell'Isola, addentrandosi nell'entroterra, respingendo l'esercito tedesco e puntando alla conquista di Messina. In tale azione gli alleati trovarono una inaspettata e ostinata resistenza tedesca sulle alture di Troina. Qui fu combattuta tra americani e tedeschi quella che viene chiamata *Battaglia di Troina*.
L'operazione militare fu molto impegnativa e infatti gli americani mobilitarono uomini e mezzi in quantità per ottenere la vittoria sui pochi soldati tedeschi arroccati nel paese.
L'evento bellico causò gravissimi danni alla Città di Troina. Infatti l'accanimento aereo degli americani provocò distruzioni, creò grande panico e comprensibili disagi alla popolazione locale che impaurita si diede alla fuga.
Tra gli edifici di interesse storico distrutti o danneggiati vanno ricordati il Collegio di Maria, la Chiesa di San Silvestro, la Cattedrale, la Chiesa di San Sebastiano e la Chiesa di Santa Lucia.

I fatti legati alla *Battaglia* e alle sue conseguenze furono documentati da un fotografo d'eccezione, Robert Capa, sbarcato con gli americani in Sicilia. Le sue foto misero in luce la condizione umana della popolazione locale, colpita negli affetti più cari e costretta a vivere un'esperienza che ancora oggi appare incomprensibile ([8]).

1947. Piano quinquennale di Opere Pubbliche

Il Piano Quinquennale delle Opere Pubbliche redatto il 27 novembre del 1947 dal Sindaco del tempo comprende in gran parte riparazioni, ristrutturazioni e restauri resisi necessari a causa dei danni della guerra ([9]).
Il Piano riguarda strade urbane ed extraurbane, l'Edificio Scolastico, il Cimitero, l'Ospedale, il Mercato coperto, l'Acquedotto Comunale, il Teatro Comunale… e l'Istituto Napoli Bracconeri.

1949. La Diga Ancipa

Costruita tra il 1949 e il 1954, sul corso del Fiume Troina di cui sbarra le acque. E' una delle più imponenti Opere Pubbliche dell'Isola ([10]). Sorge nella contrada *Ancipa*, da cui prende il nome, e fornisce acqua per uso domestico a diversi Comuni dell'ennese e del messinese.
L'altezza della Diga è di 105 m; l'invaso, detto *Lago Sartori* in memoria del progettista Ing. Ugo Sartori, ha una portata idrica totale di 31,200 mil. di mc.

1950. L'Oasi Maria SS.

Agli inizi degli anni Cinquanta, per iniziativa di un giovane Sacerdote, Padre Luigi Orazio Ferlauto, collaborato da un gruppo di volontari, a Troina nasce la prima casa per disabili della Sicilia.
L'Ente che ne legalizzò lo sviluppo fu la Società a r.l. *Oasi Maria SS.* che divenne di fatto una Società no profit a partire dal gennaio del 1953, anno in cui fu omologata dal Tribunale di Nicosia. L'importante istituzione sorse all'interno della Cittadella fortificata, sul perimetro di un gruppo di edifici per civile abitazione, nell'area in cui in passato sorgeva il Monastero delle Clarisse.
Scopo dell'istituzione fu ed è quello di:
1. svolgere attività promozionale nell'interesse degli handicappati fisici e psichici e curarne l'inserimento nella società civile;

L'Oasi Maria SS., sulla cresta del Monte di Troina, vista dalla contrada Parapià

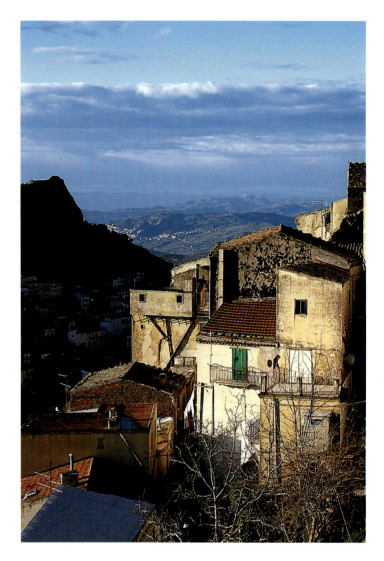

Il Centro Storico, particolare del quartiere Piazza

Nelle pagine precedenti:
la Diga Ancipa costruita tra il 1949 e il 1954
il Lago Sartori che convoglia le acque del fiume Troina

2. fornire informazioni e consulenza sulla medicina avanzata nel campo del recupero degli handicappati;
3. svolgere azione di recupero degli handicappati, dei più deboli, attraverso la medicina, la psicologia, la psichiatria e la pedagogia;
4. creare un clima di comprensione e di rispetto, di aiuto e di solidarietà nei confronti della persona umana.
Negli anni Ottanta l'*Oasi* ottenne dal Ministero della Sanità e della Ricerca Scientifica il riconoscimento di *Istituto di Ricovero e Cura a Carattere Scientifico*.
Negli anni Novanta l'Organizzazione Mondiale della Sanità ha riconosciuto l'istituzione troinese come *Centro di Collaborazione nel Settore delle Neuroscienze*.
Sempre negli anni '90 l'Unesco ha individuato nell'*Oasi* la sede dell'Associazione Internazionale Arti Plastiche, ciò perché nel pensiero del fondatore, Don Luigi Ferlauto, *l'arte è veicolo della cultura e della pace*.
Il miracolo dell'*Oasi*, realtà viva e presente nell'entroterra siciliano anche per l'importante ruolo svolto nei confronti dell'occupazione, sta in un *patto societario* tra Dio e gli uomini.
L'obiettivo ultimo dell'istituzione è quello di rendere possibile la creazione e lo sviluppo di una *Città Aperta con il preciso obiettivo di organizzare un vissuto tra abili e disabili, tra anziani e giovani, tra difficoltati e normali, tra deboli e forti*. Un portale a tre luci, studiato dallo scultore Tony Benetton segnerà il confine tra le due realtà urbane: Troina e l'*Oasi Città Aperta*. Un confine simbolico perché le due realtà dovranno integrarsi e diventare nel tempo una sola grande *Città Aperta*.
I complessi strutturali e i servizi attraverso i quali vengono espletate le funzioni dell'*Oasi* sono:
1. l'Istituto *Oasi Maria SS.*, nel centro storico di Troina, prima cellula del grande progetto spirituale, sociale e culturale. L'edificio ha nella sommità una statua bronzea della Madonna eseguita dallo scultore Michele Guerrisi;
2. la Cittadella dell'*Oasi* che sorge tra *Parapià* e il *Monastero di San Michele*. Si tratta di un complesso polivalente costituito da un centro multimediale, un centro congressi e diversi spazi dedicati alle attività ricreative. L'ex Cenobio di San Michele Arcangelo, nei progetti dell'*Oasi*, diventerà Monastero della Pace;

3. il Villaggio Cristo Redentore, nella contrada *Larcara*, sotto *Muanà*. Imponente complesso di strutture e servizi funzionali a tutta la vita dell'*Oasi*.
Nei progetti futuri figurano: la *Torre del Dialogo*, un complesso di *Laboratori* e *Studi Aperti* per le varie forme dell'arte e per le attività artigianali che vanno scomparendo, la *Città del Tempo Libero e dello Sport* che dovrà sorgere attorno al Lago Sartori ([11]).

1984. Piano Regolatore di Troina

Il Piano Regolatore, dopo lunghi anni dedicati al dibattito, all'analisi, alle ipotesi, è stato presentato ufficialmente nel 1984 ed ha ottenuto l'approvazione delle autorità regionali nel 1988.
Tra gli obiettivi principali del Piano figura quello di *incentivare il processo di rinnovamento edilizio ed il diradamento dei nuclei sovraffollati attraverso una politica di risanamento igienico - sanitaria* ([12]).

**1988. Analisi urbanistica
per la riqualificazione del Centro Storico di Troina**

Il 10 novembre 1988 tra il Comune di Troina e l'Istituto di Ricerca Territoriale e Urbana dell'Università degli Studi di Firenze viene stipulata una convenzione finalizzata all'*analisi urbanistica e allo studio delle condizioni per la riqualificazione del Centro Storico di Troina*.
La ricerca, coordinata dal Prof. Manlio Marchetta, ha visto la partecipazione di illustri docenti e di affermati professionisti: M. Concetta Zoppi Spini, Gabriele Corsani, Biagio Guccione, Riccardo Manetti, M. Pia Casini, Monica Maioli.
Il consulente per l'individuazione degli elementi di rilievo storico-architettonico è stato l'Arch. Arturo Alberti.
Il coordinatore per le indagini sul luogo è stato l'Arch. Luciano Allegra.
Lo studio è servito a classificare i tipi edilizi del Centro Storico e a stabilire le modalità di intervento per il restauro, la conservazione e il riuso. La ricerca è stata condotta suddividendo il Centro Storico in sette quartieri: 1) Piazza / Castello; 2) Scalforio; 3) San Basilio; 4) Corso; 5) San Basilio Sud; 6) Ramosuso; 7) Borgo.
Di grande interesse sono le tavole che corredano l'elaborato finale. Esse riguardano il grado di trasformazio-

Centro storico, tipologia delle coperture a coppo

Centro Storico, la Via Urbano II

ne dei tipi edilizi e gli elementi di rilievo storico-architettonico ([13]).

1992. Lo Statuto Comunale

La Giunta Municipale e il Consiglio Comunale deliberano l'approvazione dello *Statuto Comunale* nel quale in maniera organica vengono stabiliti principi programmatici e gestionali, funzioni amministrative e competenze.
Strumento democratico che esalta i principi della trasparenza e della partecipazione popolare, al titolo IV, in 28 articoli *garantisce in ogni circostanza la libertà, l'autonomia e l'uguaglianza di tutti i gruppi e le organizzazioni* ([14]).

Troina oggi, il patrimonio dei Beni Culturali, il Centro Storico, lo sviluppo economico e l'evoluzione sociale

Troina oggi, grazie alla sua Diga, alle strutture dell'Oasi Maria SS., alle buone strade di collegamento, al miglioramento dei servizi pubblici, si va caratterizzando come una delle più evolute cittadine dell'entroterra siciliano.
Nei suoi monumenti, nel suo patrimonio storico-artistico e nel corretto sfruttamento dei Beni Culturali ([15]) sono riposti i progetti di uno sviluppo turistico che non tarderà ad iniziare.
Troina ha molto da offrire, anche per ciò che riguarda il folklore e le feste religiose. La comunità locale, pur affacciata su un orizzonte di modernità e di emancipazione, non ha mai trascurato le proprie tradizioni, i propri usi, i propri costumi.
Ciò fa di Troina una città modello che riesce a rispettare e valorizzare l'antico, senza rinunziare alle prospettive e agli sviluppi del divenire.

NOTE

(^{1}) Arturo Alberti, *Appunti sull'organizzazione domestica nell'Abbazia di S. Michele Arcangelo il Nuovo a Troina (1795-1866)*, in *La Cultura materiale in Sicilia*, Quaderno n. 12-13 del Circolo Semiologico Siciliano, 1980, pag. 165.

(^{2}) Salvatore Li Volsi, *La rivolta della consapevolezza*, in *La Freccia Verde*, Anno VII, suppl. al n. 43, Mascalucia, maggio 1998.

(^{3}) *Analisi microscopica e batteriologica* delle sorgenti Malpertuso, Fontana Bianca, Canalotto, per l'alimentazione potabile della Città di Troina, Troina 1904, manoscritto conservato nella Biblioteca Comunale di Troina.

(^{4}) *Relazione ai sensi dell'art. 6 del Decreto 28.11.1919 n.2405* riguardante l'utilità della *fognatura* a Troina, le *condizioni operaie*, l'intensità della *disoccupazione* e le *condizioni finanziarie* del Comune, Troina 1920, manoscritto conservato nella Biblioteca Comunale di Troina.

(^{5}) Giuseppe Grimaldi, *Al ricostituito Consiglio Comunale*, Catania 1921.

(^{6}) *Troina, Relazione del Sindaco* al Segretario Politico del Sindacato Provinciale Fascista Ingegneri, Troina 1925, manoscritto conservato nella Biblioteca Comunale di Troina.

(^{7}) Per una maggiore conoscenza della nascita e dello sviluppo dell'Azienda silvo-pastorale troinese può essere utile la consultazione dello studio compiuto da Mariarosa Schillaci, *Un'esperienza originale di gestione del demanio forestale: l'azienda speciale silvo-pastorale di Troina*, tesi di Laurea, Università degli Studi di Catania, Facoltà di Agraria, A.A. 1995/96.

(^{8}) Sull'argomento è di sicura utilità la consultazione del testo di Luigi Anello, *La Battaglia di Troina (31 luglio-6 agosto 1943)*, Messina 1971.
Sulle immagini di Robert Capa e l'orrore della guerra, recentemente, con un proprio intervento, si è soffermato lo studioso troinese Salvatore Li Volsi.

(^{9}) *Piano Quinquennale Opere Pubbliche*, relazione del Sindaco del 27 novembre 1947, Archivio Comunale di Troina.

(^{10}) G. B. Zanghi, *La Diga di Ancipa*, in *Tecnica & Ricostruzione*, Anno VI, n. 12, Catania, dicembre 1951, pp. 433-440.

(^{11}) Tra i progetti futuri figurano anche la creazione di una *Cattedrale Aperta*, di un *Istituto Superiore per la Cultura dell'Integrazione*, di un'*Antenna Bianca* che via satellite, attraverso l'etere, farà conoscere le opere positive dell'uomo.

(^{12}) Per le problematiche legate allo sviluppo moderno di Troina si veda il saggio di Anton J. Jansen, *Ai confini della periferia: il futuro delle aree arretrate. Il caso di un Agrtown siciliano*, in *Studi e Ricerche* n. 12, Università degli Studi di Lecce, Lecce 1992.

(^{13}) Sull'argomento può essere utile la consultazione dei seguenti elaborati, conservati in copia presso la Biblioteca Comunale di Troina:
1. Manlio Marchetta - Riccardo Manetti - Monica Maioli - Maria Pia Casini - Luciano Allegra, *Troina centro storico delle Caronie*, Firenze 1988. Ricerca condotta dall'Università degli Studi di Firenze, Istituto di Ricerca Territoriale e Urbana.
2. Luciano Allegra, *Il centro storico di Troina: analisi urbanistiche ed ipotesi di riqualificazione*, Troina 1987.

(^{14}) Lo Statuto Comunale è stato pubblicato e divulgato recentemente: *Comune di Troina, Statuto, novembre - dicembre 1992*, Troina 1993.

(^{15}) Per una maggiore conoscenza delle problematiche moderne relative alla difesa e la valorizzazione del patrimonio storico-artistico troinese può essere utile la consultazione dei seguenti testi:
Giovanni Paternò Castello, *Nicosia, Sperlinga, Cerami, Troina, Adernò*, Bergamo 1907.
M. Foti Giuliano, *Memorie paesane, ossia Troina dai tempi antichi sin oggi*, Catania 1901.
Basilio Arona, *La festa dei rami e della 'ddarata a Troina*, Troina 1997.
Basilio Arona, *SS 120, dell'Etna e delle Madonie (sua origine e storia)*, Troina 1997, manoscritto della Biblioteca Comunale di Troina.
Carlo Alberto Cantarella - Salvatore Costantino, *Troina nido d'aquila*, Troina 1994.
Basilio Arona, *Troina città demaniale, canti popolari e religiosi troinesi*, Troina 1985.

Indice

Troina Civitas Vetustissima		pag.	9
	Sicilia: città e territorio		
	Troina		
	Dell'Arte e della Storia		
	Troina, il centro urbano		
	Lo Stemma della Città		
CAP. 1	***Le origini di Troina***		
	Dall'età castellucciana alla dominazione romana	pag.	17
	L'origine del nome		
	Engyon nelle citazioni dei classici		
	Diodoro ed Engyon		
	Plutarco ed Engyon		
	Note		
CAP. 2	***Troina dai primi anni del Cristianesimo all'età aragonese***		
	Dal castrum fortificato alla città demaniale	pag.	29
	Cronologia dei fatti		
	Note		
CAP. 3	***Troina dal Trecento all'età tardo barocca***		
	L'Universitas e la Mastra Nobile	pag.	43
	Cronologia dei fatti		
	Note		
CAP. 4	***Monumenti antichi e aree archeologiche***		
	Troina archeologica	pag.	55
	Monte Muanà		
	Picco San Pantheon		
	Monte di Troina		
	Note		
CAP. 5	***La Cattedrale***		
	In onore Virginis Puerperæ	pag.	65
	Tesoro della Cattedrale		
	Il Bacolo del Pastorale Abbaziale		
	Il Sigillo Vescovile		
	La Corona della Vergine Immacolata		
	L'Oratorio del Rosario		
	L'Oratorio del SS. Sacramento		
	Note		
CAP. 6	***I Monasteri basiliani di Troina***		
	Cenobio di Sant'Elia di Ambulà	pag.	83

Chiesa e Priorato di San Mercurio
Cenobio di San Basilio extra Troynam
Monastero di San Michele (vecchio)
Monastero di San Michele (nuovo)
Monastero e Chiesa di San Silvestro
Note

CAP. 7 — *Monumenti e opere medievali*
La Moschea   pag. 97
Il Castello
Chiesa di Santa Maria della Catena
Convento e Chiesa di Sant'Agostino
Chiesa di San Nicolò a Scalforio
Chiesa di San Nicolò alla Piazza
Chiesa di San Bartolomeo
Castello di Tauriana
Castrum Alcharae
Chiesa di Santa Domenica de Fodeglia
Chiesa di San Biagio
Chiesa di Santa Maria di Valia
Ponte di Faidda
Porte della Cittadella
Note

CAP. 8 — *Emergenze artistiche e architettoniche dall'età rinascimentale al Novecento*
Monastero e Chiesa di San Giorgio   pag. 113
Chiesa di S. Francesco di Paola
Chiesa di San Rocco
Chiese di San Rocco, di San Carlo, della SS. Trinità e di San Giovanni
Chiesa di Santa Caterina
Chiesa di San Matteo
Chiesa dello Spirito Santo
Chiesa di San Sebastiano
Chiesa di San Vito
Chiesa di Santa Maria della Valle
Chiesa di San Paolo
Chiese di San Cono e Sant'Ippolito
Chiesa di San Giuseppe
Chiesa del SS. Salvatore
Chiesa di Santa Lucia
Chiesa del Nome di Gesù
Casa di San Giovanni di Dio e Chiesa di Sant'Andrea Apostolo
Chiesa e Convento dei PP. Cappuccini Vecchi
Chiesa e Convento dei PP. Cappuccini Nuovi
Chiesa di San Cataldo extra moenia
Abbazia di Santa Chiara

Abbazia di Santa Maria degli Angeli
Chiesa e Convento dei PP. Conventuali di San Francesco
Chiesa e Convento del Carmine
Fercolo di San Silvestro
Simulacro e Cattedra di San Silvestro
Statuetta d'argento e reliquia di San Silvestro
Urna reliquiaria
Edifici monumentali del quartiere Scalforio
Palazzo Municipale
Palazzo Poeta
Collegio di Maria
Mulini
Note

CAP. 9 ***Uomini illustri, Cimitero Monumentale***
Uomini illustri   pag. 151
Cimitero monumentale
Note

CAP. 10 ***Feste religiose***
Calendario delle festività religiose, civili e folkloristiche di Troina   pag. 163
Note

CAP. 11 ***La Città moderna e contemporanea***
Troina, fatti e notizie utili alla storia della città moderna e contemporanea   pag. 175
Note

Finito di stampare
nel mese di Dicembre 1999
per i tipi della *Multigrafica Troinese*
del Villaggio Cristo Redentore srl
Troina (EN) - Tel. 0935.653438